Heibonsha Library

吉田健一随筆集

平凡社ライブラリー

Heibonsha Library

吉田健一随筆集

中村光夫編

平凡社

本著作は一九八三年四月に彌生書房から刊行された
『現代の随想30 吉田健一集』を改題したものです。

表記は新かなづかいに改め、読みにくいと思われる
漢字には適宜ふりがなをつけています。
また、今日では不適切と思われる表現については、
作品発表時の時代背景と作品価値などを考慮して、
原文どおりとしました。

目次

英国と英国人

英国の文学が英国のものである以上、我々は先《ま》ずその文学を生じた英国と英国人に就て考えなければならない。英国は見方によっては、世界で最も醜くて住み難い国の一つであると言える。冬は長くて、その寒さは格別であり、真冬になれば小鳥は雀さえもどこかへ姿を消して、偶《たま》に飛び廻っているのがあれば、どこの水溜りも凍っているので、食物よりも先に水を欲しがるのである。そして緑のものは凡《すべ》て地上から消え失せて、後には建築と鋪装道路が残っているだけの鉱物の世界で寒さは雨を妨げず、雨は雪に変っていつまでも溶けないでいる。そうでなくてさえ日が短くて、午後四時にはもう暗くなる。又、そういう環境に対して生活上の公共的な施設は我々には想像出来ない程、貧弱であり、或《あるい》は寧《むし》ろ、凡てが家庭生活を中心に組織されているから、家庭生活を離れた娯楽機関とか、福祉事業とかいうものがどこか例外的な性格を帯びることになり、所謂、街の生活がそれだけで成立し難い。従って、何かの形でそういう自分の家庭生活がなくて冬にでもなれば、ただもうみじめである。

又、英国人は人種として美しくもあり、醜くもある。これは長い間、階級制度が厳格に守られて来た結果であって、今日の英国は所謂、福祉国家であり、凡てこういう改革を行う時の英国人のやり方は徹底的であるから、これからの英国人がその生れた環境に従って体質的にも左右されるということは考えられないが、それで過去の下層階級の生活までが改善される訳のものではない。その条件の悪さは予想外のものだったので、子供の時から環境も栄養も悪いから、それが体格にも現れて、例えば、平均して背が低いというようなことでその階級の人間であることが解り、次に下層階級ではなくても、絶えずそれへの顚落《てんらく》を恐れて中流の身分に縋《すが》り付いている下層中流階級、それから自分の生活力に自信を持つだけの余裕がある中流階級、又次にはそこから一歩進んで上流階級になりすました積りでいる上層中流階級があり、最後に、凡てそういう人達に対して支配的な地位にある上流階級、というのは、紳士とか、貴族とかいう人間がいて、これは人中にあって目立たないことが今日でもその信条になっているから、一昔前までの英国では、例えばその荒涼とした冬の街や、そこを走る交通機関で顔を合せるのは醜い人間か、或はこれに同調して無表情な人間ばかりだという印象を受けた。そして冬の条件は、社会組織の改革で変えられるものではない。英語に日本語では訳しようがない gaunt, dreary, drab, grim というような、陰惨な現実を指す言葉が幾らもあるのは、そういう英国人の生活の一端を示すものである。

その冬も長くて、一年のうちの半分は確実に冬であるが、それが終って英国に春が来るのは三月の末頃である。そうすると、それまで凍り付いていた地面が湿気を帯びて土が黒くなり、クロカスの芽がその土を持ち上げて出て来る。小鳥が鳴き出して、最初に鳴く thrush という鳥を字引で引くと、鶫《つぐみ》の一種としてあるが、例えば、blackbird を引いてもやはり鶫の一種となっていて、仮に日本種の thrush がいても、その鳴き声は英国の nightingale と日本の鶯位に違うのではないかと思われる。そして小鳥が多い英国で、鳥が一羽もいなくなったのも同然の冬の後でこの thrush という小鳥の声を聞く時、自分の心の廻りにも凍り付いていた氷が解けて来たような感じがする。又、秋には木が凡て落葉するのであるから、春になって木が芽を吹くのも一斉にである。牧場が緑になり、三月の末から六月の半ばに掛けて英国の自然の美しさが増して行く有様は、それを見ても直ぐには信じることが出来ない。「真夏の夜の夢」という喜劇の題の真夏というのは六月の半ばのことで、シェイクスピアの妖精達を現実と区別するのが難しい位、美しい季節であって、この英国の六月に匹敵するのは、色取りどりに紅葉した木々が柔いだ日光を浴びて立つ英国の秋だけである。

Tell me not here, it needs not saying,
  What tune the enchantress plays
In aftermaths of soft September
  Or under blanching mays,

……………

A. E. Housman: "*Last Poems*"

柔いだ九月の日差しに、
又、花咲く五月に、
あの魔女が弾く調べを
　言わずとも私は知っている。

……………

英国の詩の大部分は英国の自然を歌ったもので、ハウスマンの詩を引用したのは、無数の詩人の作品からその一例を選んだに過ぎない。ということは、英国人が自然を愛する国民で

あるということなのであるが、それが英国の自然であるから、その夏に就て別な詩人が、

And summer's lease hath all too short a date:

又、夏の期限が余りにも短いのを何とすればいいのか。

と言う時、それがこうした切実な響きを帯びることになる。序《つい》でに、この一行が出て来るシェイクスピアの十四行詩の全文をここに挙げて見る。

Shall I compare thee to a summer's day!
Thou art more lovely and more temperate:
Rough winds do shake the darling buds of May,
And summer's lease hath all too short a date:
Sometime too hot the eye of heaven shines.
And often is his gold complexion dimm'd:

And every fair from fair sometime declines,
By chance or nature's changing course untrimm'd;
But thy eternal summer shall not fade
Nor lose possession of that fair thou owest;
Nor shall Death brag thou wander'st in his shade,
When in eternal lines to time thou growest:
　So long as men can breathe or eyes can see,
　So long lives this and this gives life to thee

君を夏の一日に譬えようか。
君は更に美しくて、更に優しい。
心ない風は五月の蕾を散らし、
又、夏の期限が余りにも短いのを何とすればいいのか。
太陽の熱気は時には堪え難くて、
その黄金の面を遮る雲もある。

そしてどんなに美しいものでもいつも美しくはなくて、
偶然の出来事や自然の変化に傷けられる。
併し君の夏が過ぎることはなくて、
君の美しさが褪せることもない。
この数行によって君は永遠に生きて、
死はその暗い世界を君がさ迷っていると得意げに言うことは出来ない。
　人間が地上にあって盲にならない間、
この数行は読まれて、君に生命を与える。

　この詩には、漸《ようや》く沈み掛けていて、いつかは沈むとも見えない太陽の豊かな光線が空中に金粉を舞わせている英国の夏の黄昏がある。我々は東洋に生れて、こういう濃厚であると同等に自然のままに美しい現実を、西洋の詩や音楽、或は絵を通してしか経験したことがない。それは、我々が英国の陰惨な冬を知らないことと違ってはいなくて、例えば、英国の秋の景色にも前に触れたが、木が紅葉すると言っても、その色は赤と黄に限られているのでなくて紫、茶、黄、赤などの色がまだ紅葉していない木の緑と混じって秋の空の下に輝くのであり、それは満目紅葉というような寂びれた印象を伴うものではない。又、夏の緑も、それに劣らず何か現実とは思えない光沢を帯びていて、我々にはこういう事実に基いて次のように考えることが許される。

春から秋に掛けての英国の自然が、我々東洋人には直ぐには信じられない位、美しいならば、英国の冬はこれに匹敵して醜悪である。そして冬が十月に来る国では、この二つの期間はその長さに掛けて先ず同じであって、英国人はこういう春や夏があるから冬に堪えられるのでなしに、このような冬にも堪えられる神経の持主なので春や夏の、我々ならば圧倒され兼ねない美しさが楽めるのである。何《いず》れの場合も、現実に堪え抜く強靭な生活力がそこに働いていることに変りはなくて、例えば、ヴァレリイはテスト氏が如何に烈しい快楽の享受に鍛えられて来たことかということをテスト氏の生活態度に就て書いているが、如何に美しいものにも対抗することが出来る忍耐力ということが、英国人の国民性に認められる一つの特徴であると言える。或るものを美しいと見るにも力がなければならず、それを美しいと見た上で更にそれを自分のものにするには、力が一層に必要なのである。

前には英国の下層階級に就てその生活の、或は曾《かつ》ての生活の悲惨な面に触れただけだった。併し例えば、ディッケンスはそういう下層階級の生活を小説で書くのが得意であって、そこで描かれているものから我々は寧ろ逆の印象を受ける。G・K・チェスタアトンは、ギッシングがロンドンの中流階級の偽善に満ちた生活を象徴する「ベルグレイヴィア」区を諷刺しても、今日でもロンドンの至る所に「ベルグレイヴィア」区が残っているが、ディッケンスがロンドンのオォルド・フリイトの牢獄に入れられたものの状況を書けば、この牢獄は取り払われたと言っている。ディッケンスには、確かにそういう社会改革に対する熱情もあった。併し彼が描いたそういう人物の群に対する愛着は、その原型と彼が同じ強健な生活者である点で一致していることから来ている。例えば、「クリスマスの物語」という彼の短篇集に出て来る人物の一人は、お茶の時間に食卓に並べられた食べものの山から茶受けになるそういう食べものの種類を次から次へと想像して悦に入り、部屋の暑さも手伝って脳溢血を起しそうになる。チェスタアトンは、英国の下層階級が冬にやたらに石炭を焚いて、部屋をそのようにいたたまれない位暑くするのは、外の寒さを頭に描いてその対照を楽む為だと言っている。

これは、寒さを防ぐのが目的で部屋を温くするのとは違った心情を示すものである。誰も寒い思いをするのが好きなものはないが、ここでは、寒さを相手に戦うのが生き甲斐を感じることなのであって、家にいて寒さと戦うには部屋の温度を高めることが自分の闘志の具体的な表現になる。それは競技の精神というようなことから更に遡って、風波を冒して海を渡って来た彼等の北欧の祖先達に想到させるものであり、これと同じ態度が彼等の生活をなしている凡ての面に見られる。英国の下層階級は殊に濃い紅茶を愛用して、この習慣が祟って胃潰瘍を起すものが多い。又彼等は、中身の絵よりも倍も幅がある金縁の額を買って来て部屋に飾り、こうして彼等は貧苦と戦うのである。そしてもしそこに悲惨なものがあるならば、それは彼等が一定の環境に置かれていたのでその環境に由来する無智が彼等にそのような生活態度を固執させたことにあり、例えばハアディイの「薄命なジュウド」は殊にその頃までは、仮にこの環境から逸脱した教養を身に付けた場合に起る他なかった悲劇を克明に描いている。併しそういう英国の下層階級の生き方を支えているものも、既に述べた英国人の忍耐力であって、それ故に、この生き方も英国に特有のものであると言わなければならない。

と同時に又、冬に堪えて生きて行くものが、必ずしも春に堪える必要はない。それには無感覚でいてもいい訳であって、英国人に就て散文的であるとか、無表情とか、冷酷とかいうことが言われて来たのは、英国人というものが主にこの面で世界に知られていることを示している。併し重要なのは、英国の自然の美しさに親み、これを受け入れ、克服し、そしてこれを所有するにも、そのように散文的でなくてはならないということである。例えば、芳烈な酒に酔うのに必要なのは体力であり、又、冷静な頭脳である。我々がもし英国の文学を生んだ英国と英国人というものが理解したいならば、何よりも先ずそのように苦痛、或は快楽に堪えることが、その感覚を失わずにいることに堪えることまでを含む程強靭な頭脳を想定しなければならない。我々はリットン・ストレエチェイとともに、「一方では繊細極りない感情を盛った十四行詩に耳を傾け、一方では狂い立った熊が犬を何頭も引き裂く見世物を楽んだ」エリザベス時代の英国人を一つの謎と考えてもいい。併しそれがこの時代にシェイクスピアの芝居を喝采した観衆であり、又或る意味ではシェイクスピア自身でもあったので、熊が犬を引き裂くのが見世物になるという事実の露骨な性質で判断を誤らされてはならないのである。

ストレエチェイはフランス文化の影響を強く蒙った近代の英国人であって、彼は英国人と英国の文学という二つのものを結び付けるのに、実際に困難を感じていたようである。フランスでは、英国人が散文的であることは一つの定評になっていて、そして又、フランスの自然が英国のと比べてそれ程美しくないということはない。併しフランス人は、自然に対抗して人間の生活を設計することに掛けて、英国人よりも遥かに意識的だった。彼等はそういう論理的な精神の持主であり、美しい自然を背景に、戦乱の時代には防備本位だった城砦を快適な邸宅に改造し、庭園を作り、美というものに就ても自分達の生活を中心に考えた。彼等は自分達の社会をより住みよくする為には革命を起すことも辞するものではなかったので、フランスという国とその文化はそういうフランス人の精神から生れたものである。併しこうして生活を美化することは、この目的に向って美の観念を実用に供することでもあって、その場合、美は芸術としてであるよりは寧ろ、美術工芸の形で表される。その意味で、フランス人は自然を愛する英国人よりも遥かに我々日本人に近いのであり、彼等は快楽を求めても、それが度を越えることを好まない。ということは、熱情に自分の能力の凡てとともに身を任せる危険を避けることで、その為に、この危険を冒して得られる成果に想到しなかったのである。又それならば、外見上はどうだろうと、散文的であるのは寧ろフランス人の国民性とフランス文学に認められる特徴であると言えるのであり、これとは反対の性格の持主である英国人というものを考えることで我々はそれだけ英国の文学の理解に近づくことになる。

（雄鶏社刊『英国の文学』第一章・一九四九年七月）

余生の文学

この頃は或る本が入り用になったのでそれを買いにでなしに、ただどんな本があるかを見に本屋に行くということをする人がいなくなったようである。こっちが何か本が入り用になって、本屋に行ってももうそういう昔の人はいない。それを思い出したのは昔そうして丸善か三越の洋書部と言った所の本棚の前に立っていて、インゼルがその頃発行していた洒落た装釘の薄い叢書のヘルダリン詩集をめくっていて読んだ詩の二行が頭に浮んだからである。それは、

私にもう一度だけ夏を、権力があるもの達よ、
そして私の詩が実る為にもう一度秋を。

というので「運命の女神達に」という題が付いていた。恐らくはよく知られた詩なのだろうが、その二行しか覚えていないのはそれが昔の時代で人並に本屋に行って本を漁りはしても、やはりこの頃の人間と同様に何かに追われていてその詩はその二行を読んだだけだった為ではないかと思う。この詩自体が何かに追われた人が書いたもので、ただそれを書いたのがヘルダリンであってその結果が詩になっていることがそれを救っている。勿論こっちも何か仕事がしたかったのである。どういうものを読んでも、或は見ても、それが優れたものであれば癪《しゃく》、或は焦躁の種だったのを覚えている。或は料理人を志望するものにとって凡て御馳走はそういう働きをするのだろうか。

自分に何が出来るか解らなくてそれでも何かやって見たいというのは厄介な状態であるが、若いうちはその状態にある他ないようで、やって見なければ自分に何が出来るか解らない。併し理窟はそうであっても、やって見ている途中でそれが自分には出来ないことであるのが解った気になるということもあり、これも確かではなくて、それから先は滅茶苦茶である。その為に若い人間には体力があるのだと思われて、そういう真似をして兎《と》に角《かく》生きていられるのも若いからであるとともに、そんなことになるのも若さの為である。併しそのような涙ぐましいことを離れて、何か優れたことがしたくてそれがまだ出来ないでいることのどこが面白いということを改めて考えていい。ヴァレリイが言う通り、辛いこと、例えば痔の苦みにどこも面白い所はなくて、痔の苦みをもっと精神の面に移したとしても大して違いはしない。どうにもならない目に会っている人間に対しては見て見ない振りをするのが礼儀である。

人生での大概のことは文学の世界での出来事に照応して、文学の世界でも若さは少しも若いからいいということではない。この頃の日本で言う青春とかいうのは論外である。もし若いということに何かの取り柄があるならば、それは若い人間のものとは思えない仕事をする体力が若い人間にあるからで、その点に就ては、我々が若さを本当に新鮮なものに感じる時にその若さは何か別なものであることに気が付く。例えば詩人の全集を読んでいて、もしそれが年代順に詩を並べたものであるならば、初めの方に出て来るのは大概碌《ろく》でもないものばかりであって、これはキイツやラフォルグのように非常に短命だった為にその初期、中期、後期が普通の人間の初期にも達しない期間に起った変化を指す場合でも同様である。キイツの「エンディミオン」を読んでいる時に自分の若い頃のことを思い出して身震いするという経験をしたものもある筈であり、その身震いは懐しさからではなくて嫌悪による。

併しここに三好達治の、

この湖水で人が死んだのだ
それであんなにたくさん舟が出ているのだ

という句で始る詩がある。その全集で初めの方にあるものの一つであるが、これは碌でもなくはなくて、そして若くもない。或はそれは再び若さの定義の問題で、若い人間にも若いとは思えない仕事が出来るのはその通り、その間は若い人間であるのを止めているからであり、そこに感じられる若さはそれをなくして人間が死ぬものであって、寧ろそれは生命と呼んでいいものである。所が生命というものは若くて、それで話が又混乱しても、その若さならば人間が成長するに従って自分のものにして行くもので、それで例えば次のような詩が得られる。

Gleich einer alten, halbverklungnen Sage
Kommt erste Lieb' und Freundschaft mit herauf;
Der Schmerz wird neu, es wiederholt die Klage,
Des Lebens labyrinthisch irren Lauf,

訳す程のものではなくて、或はここにこれを引用した限り、これは訳せるものではない。併し兎に角、ゲエテがこれを書いた時には五十を越していた筈で、それでもこれを読んで一人の中年の男が初恋や初めに会った友達のことを胸に浮べて過ぎ去った青年の頃を惜んでいるという意味に取るものがいるとは思えない。或は確かにそれがその言わば筋であるが、ここではその惜むということよりも惜まれているものがその姿を現し、それが初恋であり、人生の首途で出会った友達というものであって、そうでなければ胸の痛みが更新される訳がない。又その痛みが繰り返して訴える人生の迷宮にも似た曲折は青年に最も親しい嘆きでなければならなくて、それ故に青年はそれを読んで打たれ、ただまだこういう言葉を使ってその嘆きを確認するに至っていないのでそれだけ又打たれるのである。

Der Schmerz wird neu, es wiederholt die Klage,

そうして見ると我々は若くなる為にも年を取る他ないのである。

併しそれならばここに奇妙な問題が生じて、我々は若いうちは年を取ることよりも、勿論この場合もこの頃の日本が言う青春とかいうのは論外であるが、年取った人間がする仕事が自分もしたくてそのことに憂き身を窶《やつ》し、どうやら仕事の方がすんだ時に本式に年を取る。或は若くなる。つまり、何かしたくて年を取り、年を取って若くなると仕事はすんでいて、これが小説ならばそれから先はどうなるのだろうか。そして年を取っているから仕事が出来る筈で、そうするとそれから後の仕事の方が本ものだということにもなる。確かにそれまでは自分の若さというものを極力殺してこれだけはと思う仕事をして来たので、それならば実際に年を取った上はもっと仕事が出来るのでなければ嘘であると同時に、そのことによってこれだけはと自分の体に鞭《むち》うって仕事を続けていたのが嘘になる。併しこれは年を取ってした仕事の方を認めるのが本当のようで、このことは文学の世界でも明かである。

そして勿論これは文学の世界だけのことではない。秀吉の戦記を読んでも、彼が最も意を用いたのが天王山、賤ヶ嶽《しずがたけ》、小牧山、長久手などの合戦だったことは解るが、戦略の規模とその闊達の点で何れも彼の朝鮮征伐の比ではない。そういうことを彼が思ったのが彼が耄碌《もうろく》したせいだという説があっても、あれだけの兵力をあの手際よさで朝鮮に送り込んで、少くともマッカアサアが近代の兵器で装備した軍隊を指揮し、初めから朝鮮の半分をその傘下に置いて戦ったのと同じ成果を収めるというのは耄碌した人間に出来ないことであり、秀吉がその時自信と生気に満ちていたことは彼がこの期間に毛利その他の大名達に宛てて書いた手紙にも窺《うかが》える。併しそうであるとともに、彼は玄海灘に面した名護屋《なごや》城で隠居した積りになっていたのではないかということをも考えられる。そこで彼は年寄りが庭木いじりをするように子供を作ったり、船団をもう一つ仕立てたりして、それが彼にとって矛盾でなかったのは彼が戦争の技術を全く自分のものにしていたからである。彼は本当に明に攻め入る気でいたのだろうか。その時はその時という覚悟が彼にあったことはその自信から察せられて、朝鮮までは彼の世界であり、その世界で彼の機略は融通無礙だったから彼の精神の安定に揺ぎはなかった。

年を取って自分に何が出来るか解るというのは自分の限界を知ることでもあって、年とともに自分の能力に限界がないことが明かになって来る天才もある訳であるが、それが無限であることも含めて限度がはっきりすることはそれだけ仕事の狙いを定め易くして、これも熟練に欠かせないことの一つである。又逆にそこにもまだ若いことの辛さがあり、自分が天才であるかないかも決らず、まさかそんなことはと思っても大器晩成ということもある。自分に何が出来るか解らないということの一環をなすもので、まだ本当に若ければそこで体力がものを言う。それはその体力が浪費されてものを言うということで、その為に若いということは体力を伴い、若くて死んで一流の仕事をした人達が残したものを見れば彼等が既に老境に達し、或は少くとも老境というものが何であるかを知っていたことがはっきり感じられる。ここで話を文学の世界に戻して、前に挙げたゲエテの詩は次の数行で始っている。

又お前達は近づいて来る、揺らめく影達よ、
曾て霧を通してのように一瞬眼に映った影の群。
今度こそはお前達をしっかり摑まえようか。
その狂気に向って私の心が惹かれるのを感じる。

併しこの時ゲエテはその影が何と何であり、それがどういうことをするかをその半生の経験と修練で得た技術によって結構既に見通していたのであり、それ故に影の群は彼の心を惹いて再び「ファウスト」を書く仕事に駆り立てたのである。と同時に、それまで彼がこの仕事を何十年間かほうって置いたことも事実であって、この序詩を新たに書いてから全部を書き終えるのに更に彼は死ぬまで掛っている。これをその一生をこの仕事に費したという風に取っては意味をなさなくて、仮に彼がこの序詩を書いた時に五十歳だったとして八十四歳で

死ぬまでに彼が他にどれだけのことをしたか考えて見るといい。そしてその何れも、「ファウスト」も含めて、彼がしなければならなかったことでもなければ、しなければならないと彼が思ったことでさえもなかった。彼はただ何かがしたくなって、それが出来るからそれをやり、したくなくなれば途中でも止めて後になって又その仕事を取り上げたりした。そうすると彼は少くとも五十の時から余生に入っていたことになる。

それで余生の定義をこの辺でしなければならない。一般に余生というのは一人の人間にとってその生涯の仕事だったものがすんでから死ぬまでの期間を指し、それで静かにだったり、不運だったりして余生を送ることになる。併しその仕事というのはそれをその人間がすることに就て言わば社会的な要請があること、例えば親の後を受けて家業を継ぐとか、或は今ならば生活して行けるだけのものを得る為にどこかに勤めるとかいうことで、その多くは誰でもがするようなことであるから年を取るまではそのこつが解らないという種類の面倒がない。従って、若いうち自分に何が出来るか解らないので苦むということもない訳であり、その場合の修業は寧ろ人生そのものに就て行われ、それが又仕事の上に返って来るということは勿論考えられても先ずもたもたしなければ仕事が進まないという事情はそこにない。今日では例えば文学もそうした仕事の一つに考えられている。併しそれが見せ掛けだけの文学でない限り、これは実際にそうだろうか。

文学がなくても誰も困りはしないのである。先ずそのことから文学を見直す、或は考え直さなければならない。一応の仕事をすませてそれから余生を送るその仕事というのはそれがなされることに対して社会的な要請があるということを言い換えれば、誰かがそれをしなければ困る人が出て来る種類のものであって、やらなければならないからそれをやる道があり、若いものでも勉強さえすれば帳簿も一人前に付けられるようになる。本当は、或は元来はそれが仕事というものなので、その原型は畑を耕して穀物を収穫することであり、戦争が敵に対して国を守ることだった時代にジョンソン博士は誰でも男で軍人でないものは或る後めたさを感じると言った。支那であれだけ文学が発達していて、そういう人達の伝記に詩人だったとか、小説家だったとか書いてある例は滅多にない。その頃の人間は役人になって人民を治めるか、学者で人民を教えるか、或は武人であって人民を守り、その上で詩文を善くしたり、何々集何巻を残したりするのである。

確かにジョンソン博士の時代に文学は既に一種の職業になり掛けていた。それは一つには文明の時代になって段々と人間に必ずしもなくてはならないということがないものまで嗜《たしな》むものが現れて来て文学でも或る程度の金が儲けられるようになったからであり、一つにはその反対に、凡てが世智辛くなって文学の看板を掲げて金儲けでもしなければ自分が思う通りの文学の仕事が出来なくなったからである。つまり、文学で金儲けをするということが新しいので、考えて見れば、傑作を書いてそれが金になったなどというのはこの二、三百年間のことに過ぎない。ヴィヨン、ダンテと挙げなくても、シェイクスピアが芝居を書いて儲けたというのは少し違っていて、彼は劇作家である前に俳優であり、劇場の持主であって、彼が書いた芝居が当りを取りはしても、それで彼が世智辛く著作権料だの上演料だのを要求したのではなかった。彼が他のものと経営している劇場の収益はその数のものの間で分けられ、芝居が当りを取るのが彼の天才の為だけでなくて俳優の名声や芝居好きの観客の支持にもよるものであることをシェイクスピアは誰よりもよく知っていた。

芝居を書くのが直接に金儲けと結び付かないことが彼に自由に仕事をさせた。それは自由に観客の興味を惹くことを工夫することでもあって、一体に文学の仕事では拍手のことを考慮に入れるのが一つの先天的な条件になっているが、それが直接に金を儲けることと結び付くものではない。これはその仕事が人間になくてはならないものではないことから来ていると思われ、それ故にその仕事の初めには先ずもたもたする。別にしなくてもすむことをしているからであり、それが出来るようになるのは、或は本当に出来るようになるのは一仕事終った時の自由を獲得することであることを考えるならば文学というのが余生の仕事であり、或は余暇の仕事であることが納得されて、この場合の余生と余暇は同じことであると見て構わない。何かの束縛を解かれたのが余生であって、そうでない余暇はまだ余暇とは言えない。それで急いでその間に遊ばなければならないというようなものではない筈である。

余生があってそこに文学の境地が開け、人間にいつから文学の仕事が出来るかはその余生がいつから始るかに掛っている。何もそれは書くことばかりではなくて、それを受け入れる方でも教養が欲しかったり、人生に就て教えられたかったりする間は本を読んだことにも芝居を見たことにもならない。我々が若いうちにそういうことをして心底から感心することがあるならば、それはその際に言葉の力で無理矢理に余生の境地に引き入れられたのであって、その証拠に我々は理窟を言わず、そこで凡てが終るのを見て、それは我々が人生の終りに見るものでもある。その意味で本を読み過ぎると爺むさくなるというのは本当で、年を取ったものが爺むさいならば我々は事実本を読む毎に年を取るのであり、何か書く気を起すというのもその辺から始って、凡てが終るのを自分の言葉を通して見たいのが我々をそういう仕事に追いやる。それならば書くのも年を取る方法で、我々が年を取った時に書けるようになる。その凡てが終るというのは一切のものがその場所を得てその通りのものになることである。その輝きを思うならば若いものが若さを謳歌し、未熟な人間がその未熟をさらけ出したものなど読めなくなる筈ではないだろうか。

「ロメオとジュリエット」がそうした若いものによる若さの謳歌であることは間違いなくて、それ故にその若さは未熟であってまだその場所を得ず、シェイクスピアに生命と同義語である若さが現れるのは「十二夜」に至ってであり、この若さはその後のシェイクスピアから失われることがない。ジュリエットはオフェリアやコオデリアやミランダの先駆をなすものかも知れないが、それならばそこには母親と娘位の違いがあって、この母親の年齢は不明である。ドルジェル伯の妻だったマオォのことを考えてもいい。それが如何にフランス風にませて若々しい女であるかを思うならばラディゲが二十一かそこらで死んだのはその時に天寿を全うしたのだと見る他ない。

こういう老熟は天成のものである。それはこの世に現れると同時に余生に入ることで、それがどういうことなのか我々には想像も付かない。ラディゲの小説やキイツやラフォルグの後期の詩を読むと、神々が愛するものはの例の句が頭に浮んで、神々は愛するから天上に早く連れ去るのではなくて愛するからこそその愛するものの地上での存在を短い間に完成するのである。それが汚れを知るとか知らないとかいうこととどの程度に関係があるか解らないが、又汚れは当然知るに決っていても、身に付けるべきものを付けるのに長い年月を掛けないですむというのは不必要な染みや傷痕を体に残さないことであるには違いない。その苦み、或は悲みがそれだけ烈しいものであるならば、それを受け留めるのに体の若さというものがあって、この老熟と若さ、生と死の重なりは今日稀に残っている全盛時代のギリシャの彫刻を思わせる。例の句と言い、彫刻と言い、ギリシャはそういう国だったのだろうか。

それでもう一つ思い出すのはワットオの絵である。これも余り残っていないようであるが、昔ルウヴルで見たものに、何人かの繻子《しゅす》と絹で着飾った男女がどこかの庭に集っているのがあった。その絵具はまだ鮮かでも廻りの木などの背景は古びて真黒になっていて闇夜に、或は宇宙の暗闇の中にこの一群のものだけが浮び上り、そこに浮んでいる感じだった。それは象徴的でさえあって、束の間の出来事を絵にしたのであるからその出来事が消え去るのは当然であり、暗闇がそのことを表し、男女のきらびやかな服がその束の間のことが確かにあったことを証言しているようだった。もし誰かが非常に短時間に、例えば天稟《てんぴん》によって老熟した青年が人生を眺め渡すならばこれと同じ印象を受けると思われて、過ぎ去るということでそこにあることは一層そこにあり、そのあること凡ては過ぎ去るということで無駄な負担をなくして、それが感じさせるものは悲みよりも一種の諦めである。あの絵には余生と若さがあった。

余生でなくてもいいからせめて成熟した人間を問題にしたらと思うことが時々ある。例えば文学の仕事で金を儲けるというのが既に未熟な考え方で、若いものにとって若さが、或は未熟な人間にとってその未熟が売りものでこれに文学の名を被せでもするのでなければ、或はそういう若いものや未熟な人間に向けた売りものを製作するのでなければ文学は儲けるということと縁がない。何か他人が欲しいものに自分に利益がある値段を付けて売るのが儲けるということである。併し文学の仕事にどれだけのそうした値打ちがあるのか。そこで行われている価値の観念は全く別な系統のものに属するから値段の付けようがなくて、それ故に曾てこういう仕事をするものは自分の力で暮せなければ他人の好意に頼り、例えば富があるものに抱えられ、今日では誰にも抱えられていないから自由であるなどと考えるのは本末顚倒である。それならば一冊の本を書いた時にその正当な値段というのは誰が決めるのか。誰に解るのか。

昔、本を一冊書くことを頼まれてその代金に本の一頁毎に金貨一枚を約束され、支払いの段になってそれが銀貨一枚だったので本を書いたものが怒ったという話がある。それはそういう取り引きで、その取り引き通りにならなかったのであり、金貨でも銀貨でもその本の価値と別に関係があった訳ではない。これは今日でも同じで、本の一冊の値段を幾らに付けてそれが何冊売れようと売れまいと、又それでその本を書いたものの所に入った金が幾らになろうと、それがその仕事を金に換算したものでないことは書いたもの自身が知っている。昔から一方には自分の暮しというものがあり、それによって自分のものになった自由な時間に本は書かれて来たので、今日のようにその仕事が同時に自分の暮しを立てる方法にもなったのはこの二つの間に共通の論理というものがないのであるから、それは病苦その他とともに仕事をするのに打ち克たなければならない悪条件ではあっても仕事をする上で有利なことでは少しもない。

それで予期したよりも多くの、自分の暮しを立てるのに必要な額を越える金が入るのは運がよかったので、その為に仕事をしたのでないこともそれをしたもの自身が知っている筈である。それは競馬で賭けたのが当るのとも違っていて、競馬で賭けるものは初めから当るのが目的なのである。我々が愛読する幾多の本がそれを書いたものにどれだけの金を、或はもっと一般的に言って何か物質的なものを恵んだか思い出して見るのも参考になる。陶淵明の時代に印税などというものがあっただろうか。それから千年近くたって菅茶山は自分の詩集で金が入ったのが不思議なようなことを手紙に書いている。バルザックは小説を書いて借金を一応は返したが、それを書く一方で売る苦労をしてユウゴオには真黒に見える顔になって死んだ。確かにユウゴオは最後までその詩が飛ぶように売れたが、これはだから運よくその詩が時流に投じたのでロオマの第一級の詩人が皇帝に抱えられたのと変らず、時流もロオマ皇帝も自分ではない点では同じである。

ここで又いつもの癖でマラルメを持ち出す所だった。マラルメは妙に頭の片隅に残る詩人である。差し詰め今日の日本では中学校の先生をしながら金にならない、併し誰でも一度読めば忘れられなくなる詩を書いて一生を終ったマラルメは隠遁者の文学ということになるのだろう。そしてこれに対して他にどういう文学があるのか考えて見てもどうも思い当らない。ウェルギリウスではアウグストゥスの宴会に始終呼ばれていたからこれは成功者の文学だということになるのかも知れないが、皇帝の丸抱えになっていればその宴会にも出掛けていることになる訳で、それがウェルギリウスを得意にしたので彼の詩が今日でも残っているなどということを誰も考えない。李白が梨園で玄宗皇帝の前で傾国の詩を賦した時と、後になって陝西省《せんせい》のどこかをうろつき廻っていた頃と、詩人には当然の発展を除いてその詩にどういう違いがあるのだろうか。彼は自分のことを謫仙人《たくせんにん》と言っていて、これは謙遜でも自嘲でもなかった。

中学校の先生をしていても、楊貴妃の前に立っても、そういうことからどれだけ遠ざかれるかに文学の仕事の成否が掛っているのであるよりも、遠ざかれなければ文学の仕事は出来ない。そうすると又象牙の塔ということが言われるかも知れないが、それならば文学の仕事は象牙の塔であり、ただそれは象牙の塔、或は科学者が一定の条件の下でなければ行えない実験をするのにその為に作った密室に閉じ籠るのと違って常に外界と空気の流通がなければならなくて、そうでないと言葉を使って用を足したり、嘆いたりする自分と同じ人間との聯《れん》絡《らく》が絶える。それならば山奥でもいい訳で、隠遁者というのはよく山奥に入って住む。併し考えて見ればそこまで行く必要もないので、宮殿の一室でも、或はパリの建物の四階にある貸し間でも仕事に無駄なものから遠ざかることが出来て、その点人間は自由であるならば余生に入るのに年齢の制限もない。

兎に角、何かはっきりした目的があってそれが他のことに優先している間は文学の仕事は出来なくて、その文学というものを何かの形で楽むにもその余裕が得られない。このもの欲しげな所がないというのが文学の一つの定義にもなって、これが無愛想に終る代りに親しく語り掛けるというもう一つの性格がそこから生じる。それが何千年前のものであってもそうで、マラルメやランボオが書いたものにしてもそうであり、これは一人の人間がそこで息をしているのが感じられるからだろうか。この特徴は決定的であって、その為にこそ人間は余生に入って余生を送り、若さや未熟が売りものになっているものではそれに幾ら文学の名が被せてあってもその親しさ、そこに一人の人間がいるということがこっちまで伝わって来ない。又その筈で、息急き切って坂道を駈け上って行くものがあったりすれば我々がそこに見るものは人間よりも労働であり、労働が美しいなどと考えるものはまだ自分でそれをやったことがないのである。

労働と仕事の違いというものを一応ここで設けてもいい。我々はやらなければならないからいやでも労働するので、その際に息の具合は二の次のことになる。勿論、或るものにとっての労働が別なものには仕事になることもあり、仕事をしている人間は息を切らせたりしなくて、仕事では息の具合が他の一切を支配するのであるよりは何をするのも息をすることなのである。もし馬車馬のように働いた後で余生に入るならばその時に自分が息をしている人間であることに気が付くに違いない。ゲエテが山の上に立って自分も休むことを願ったのは彼が既に休むということを知っていたということなのである。アァノルドの「エンペドクレス」に出て来る人物の一人は、遠いイリリアの海岸の温かな湾にアドリア海の波が打ち寄せて来て、そこに曾てはカドモスとハルモニアだった二匹の年取った大蛇が日向ぼっこをしているそうだと歌う。こういう例はその中で休むということが扱われているから解り易くする為に挙げたまでで、実際には誰が何に就て書いているのでも、デカルトが冬籠りしている間に考えたことを語り、ヴァレリイがダ・ヴィンチにとって絵というのがどういうものだったかを説明しているのでもこの息遣いが感じられて、それは個人的に違っていても、どれも静かな息遣いである点では同じである。

もっと勇壮なものが欲しいなどと考えるのも可笑しい。それならばワグナアやベエトオヴェンの最もがんがらがんがらした音楽でも正確に拍子を取って奏せられるのだということはどうなるのだろうか。丁度、十四行詩の形式はミルトンが用いても、ヴェルレエヌがそれで書いても十四行詩の形式であるのと同じで勇壮なこと、或は複雑なこと、或は又淫乱なことを書くことで書くものの息が荒くなったり、絶えだえになったりするということもない。アキレスはヘクトルを戦場で倒してその死骸を戦車の後に付け、トロヤの城壁の廻りを三度引きずり廻す。これは勇壮を通り越して野蛮極りない話であるが、そこの所もその前のヘクトルが妻子に別れを告げる所と同じ詩形で書かれていて、何れの場合にも聞けば、或は読めば思い出すホメロスの息遣いを感じる。司馬遷が項羽と劉邦の鴻門での会を書くのと孔子列伝を書くのでもその息遣いは違っていない。彼が李陵を弁護している文章に就ても同じことが言える。

悲みに堪えなくて書いた文章でも余生の安らいだ息遣いを感じさせ、それで始めてその悲みもその文章を読むものに伝わり、又その為にその文章を読むものがそれに堪えてそこに喜びを見出すことさえ出来るということが文学というものに就ての一切を語っているように思われる。ニュウマンはキングスレイの攻撃に激怒してその「アポロギア・プロ・ヴィタ・スア」を七週間でその間中涙を流しながら書き上げ、そうして我々に与えられたのがこの古典だった。これは既に技術の問題ではなくて心構えであり、余生に入ったもの、文学の仕事をするものの心は乱されても乱れた心の働きをしない。もし孔子が七十になって矩《のり》を踰《こ》えなくなったと言ったというのが本当ならば彼は七十になって余生に入ったのであり、その矩を踰えたものは文学ではない。ふと本棚を見廻すと、そこに人の余生が我々を取り巻いている。それで文学は若いものには向かないということになる筈であるが、生憎《あいにく》、若いのに余生を垣間見てそれを望むものが出て来るから文学は絶えないのである。

（「季刊芸術」第六号・一九六八年七月）

F・L・ルカス

先生にお目に掛ったのもディッキンソンと同じキングス・コレッジでだった。併《しか》し文体の関係で以後は敬称と敬語を略すことにする。

Frank Laurence Lucas の名前も日本では知られていない。そういうことを一々言う必要はないようでもあるが知られていないと断って置けばそれでもこれは誰だろうと思うものも少くて話が簡単になる。実はルカスとディッキンソンのどっちに先に会ったのかもう思い出せない。片方が直接に教えを受けた人であり、ディッキンソンの所に出掛けて行ったのもコレッジに入って間もない頃だったのであるから二人を殆ど同時に知ったことになるようでディッキンソンの方がかなり年上だったが二人ともコレッジの幹部で親しい仲だった。それで又英国の大学の説明を少ししなければならなくなる。その制度では学生の数が日本よりも遥かに少くてキングス・コレッジに在学中のものが現在でも五百人を僅かに越すに過ぎないから逆にこれはコレッジの幹部で教職にあるものが学生との比率で日本よりも大分多いことになり、それで学生は必ず誰かコレッジの幹部に直接に学問の指導を受ける規定で指導に当るものが supervisor、その指導を受けるものがその pupil、弟子である。或は日本の大学でも一応はそういうことになっているのかも知れないが何万と学生がいる時に実際にそんなことが出来るものかどうか考えて見れば解る。

キングスでの supervisor がルカスだった。そこでの在学が決ってコレッジ指定の下宿に移って来てから暫くしてルカスから何日の何時にギッブス・ビルディングのその部屋で待っているという通知があった。まだ十月に入って冬の学期が始ったばかりだったが英国は冬が早く来て五時を少し過ぎた位の時刻なのにもう夜になっていた。ケンブリッジの夜のことを思い出すといつもキングスの礼拝堂がコレッジの門を入った右手に聳《そび》えている。この礼拝堂は夜になると巨大な感じがした。それがギッブス・ビルディングに部屋があるものと一緒ではなかったから芝生の外側に沿って廻って礼拝堂の直ぐ下を行かなければならなかった。ルカスの部屋はギッブスの向って一番右の階段の三階にあって部屋と言っても大きなのに更に二つ小さなのが付いていてそこに住めるようになっているのはディッキンソンのもっと間数が多いのと変らなかった。併しルカスはコレッジの外に別に家を一軒与えられていてギッブスの部屋は学生に会ったりする為だけだったからがらんとしていて、それでも壁に沿ってアテネのパルテノンからエルギン卿が英国に運んで今は大英博物館にある運命を司る三人の女神の頭が欠けた彫刻の写真が掛っているのが目を惹いた。

こっちはルカスが最初に見る日本人だったらしい。その頃ルカスはまだ三十を少し過ぎた位だった筈で夜は鼠色に見えるその青い大きな眼が真直ぐに人に向けられた。その眼付きが優雅でもあったのは併し説明し難い。その時は言わば顔合せのようなもので他に学生はいなかった。ルカスは三十を越したばかりでもこっちとは年が十幾つか違い、その学識と業績に掛けては比べるというのが滑稽である前に全く意味をなさなくてその上に背が高かったからあの無力な感じを思い出して漸く自分にも若かった時があることを認める。ルカスは英国の文学を専攻に選んだその日本人の学生がその文学よりもヨオロッパというものに就てどの程度に知っているのか確めて置きたかったらしくて世間話をしている形で色々と質問し、それに答えているうちにウェルギリウスの「アイネイス」の英語であるAeneidをどう発音するのか解らなくて困ったのを覚えている。そして海軍のことになってルカスはこっちがネルソンを知っているのを意外に思った様子でヨオロッパで日本に就て知られているのは日本海海戦でバルチック艦隊を全滅させた位のことだけなのにと言った。併しルカスも勿論ウェエレイの源氏の英訳を読んでいた。

それから又暫くしてその部屋にルカスの弟子と決ったものが集ってそれが四、五人はいた筈であるが日本に帰ってから付き合いが絶えて今は殆どどういう人間がいたか思い出せない。その時は正式の初会合でルカスは講義は誰と誰のに行くといいとか読んで参考になる本とかキングスで英国の文学を専攻するに就ての指示を与えた。そして講義や本の選択は結局はこっちの自由だったが、その他に毎週の何曜日だったかに定期的にそこに集ること、二週間毎に論文の題を出されて二週間以内にそれを書いて提出し、その論評を個別的にルカスから聞くことというような具体的なことが決められた。その時早速出された題がミルトンの「失楽園」に就てというので従ってこれがその町で買った最初の本になった。ルカスのその部屋にそうして集るのはいつもコレッジの食堂で晩の食事が始る時刻の一時間ばかり前だったが冬のうちは我々がそこで出揃うまでに夜になっていた。

その二週間毎の論文は確かルカスの部屋に置いて行くとルカスからそのことでいつ会うとそのうちに言って来た。ケンブリッジにいる間誰かの部屋に鍵が掛っていたことがあるのを覚えていない。ただ中に人がいることが解っている時だけ戸を叩いた。兎に角それで少くとも二週間に一度は二人切りで顔を合せて色々と率直な意見を相手と交換することになるのであるからこういう大学では誰が自分の先生（ケンブリッジならばsupervisor）で誰が自分の弟子と修辞の上だけでなしに言うことが出来て事実それが普通の言い方になっている。又そういう親密な関係に置かれて性が合わなければどうにもなるものでないから先生が弟子を他のものの所に行かせるとか弟子が先生を変えるとかいうことも認められていた。併しルカスの場合そういうことは考えられなかった。今思うとそれがそうだったのは知的に幾らでも後を追って行き、迷い込んで行ける相手に出会った陶酔によるということになりそうである。

文学は学問の材料になってもそれ自体は学問ではない。殊に英国での英国の文学、英国人にとっての自国の文学というようなものの場合は読むのに必要な知識も最小限度に止められていてそこで学問的に問題になる種類のことは実際には問題になると言える性質のものでない。それ故に十九世紀末に英国の文学を大学の正課に加えることが始めて検討された時に烈しい反対に会ったので反対派の言い分にも確かに一理あり、これを押し切って英国の文学の講座が設けられたのが兎に角途中で挫折しなかったのはこれを担当した人々が何れも古典文学の碩学《せきがく》であり、更に文学の領分での優れた批評家だった為である。その学識に即して英国の文学をヨオロッパの文学を背景に考えてその上でこれを文学として批評するという方針を取ったので要するに学問よりも批評が主になり、トリニティイ・コレッジ出身のルカスもその古典文学科での成績が群を抜いていたので英国の文学が正課と決ると同時にキングスにその方を担当する幹部に迎えられた。

それ故にルカスと話をしていると英国の文学を発見する一方ヨオロッパの文学に眼を開かれる具合になった。カトゥルルスの名前を最初に聞いたのもルカスからだった。サッフォの名前は知っていてもこれが自分が愛する女と卓子越しに向き合う男は神々よりも幸福であると言い、恋人がない美少女を何故か取り入れの時に枝に残された林檎に喩え、又女の愛を得る為に自分と戦友になって戦えとアフロディテに呼び掛けた詩人であることを知ったのはルカスに教えられてだった。ロンサアル、ダンテ、レオパルディ、ボオドレエル、又プルウスト、ドヌを読む気を起したのもルカスに何度も会っているうちにだった。Te maestro, te duca という所だろうか。その頃はその通りだった。それを思ってもやはり自分にも若かった時があることを認める。こうして自分の方に何もないから際限なく受け入れることが出来てそのように受け入れて行くことによる混雑と混乱を整理するのに費される年月を生き抜く為の体力だけはあるのが若さというものである。先ず必要悪という言葉が一番よく当て嵌る人生の一時期だろうか。

ルカスがその他の弟子達とどの程度に親しくしていたかは知らない。その頃を振り返って見るとどうもこっちは主に先輩に当る人達と付き合っていたようである。そしてその付き合い方であるが、これはお茶の時間に呼んだり呼ばれたりするのが普通で英国の習慣ということの他にこういう大学町では経済上の理由もあり、それが食事になると或る程度の用意も必要になるのに対してお茶ならば学生同士、或は先輩が後輩を気軽にもてなすのにお茶の道具と材料さえあればすんだ。ルカスの所に最初に行ったのもその冬でこれはいつものその部屋でなくてコレッジが川向うに持っていた土地に前はクリケット・パヴィリオン、クリケットをやるものの溜り場だった建物があったのをルカスが借り受けて改築してそこに住んでいた。この家はもうない。後年シェイクスピアに就て一冊の本を書いた時の献詞に、

To
The Pavilion
West Road
Cambridge

としたのはその家の番地をそのまま使ったもので本を送ってから更に何年かたってルカス

夫人に会った時そこだけ読んだ夫人に本を捧げられた家は英国でこれが始めてだろうと言われた。

一九三〇年頃のルカスはその家に一人で住んでいた。それが川向うにあったと言ってもギッブス・ビルディングの裏がコレッジの広い芝生になっていて芝生が尽きる所を川が流れ、川に石の橋が掛っているのを渡ってもまだコレッジの地所が続いているのだからルカスの家も言わばコレッジの構内だった。その家は前はそういう選手の溜り場だったから玄関を入って右に大きな部屋が建物の向うの端まで続いている構造でルカスはそこを居間と食堂の両方に使っていた。そのどの辺に炉があったか思い出せないが炉に火が燃えていた。そこの通いの女中をロオズと言ってロオズがお茶のものを運んで来たのは覚えている。併しお茶に何が出たのか、その頃はそういうことに殆ど興味がなかったようでそれもその代りにどういうことに興味があったかを思えば納得出来ないこともない。それも若さだったのであるよりは若いという必要悪に付き纏う必要悪だったと見るべきである。

もうルカスにもこっちがヨオロッパに属することに就て何も知らないという前提の下にそれ程気を遣うことはないことが解っていてそれだけ話すことも面白くなっていた。確かその時に第一次世界大戦中の戦線の話をした。それは夜になって敵が盛に打ち上げる照明弾が空を彩り、その下が両軍の間に横たわる鉄条網と死骸と荒地ばかりの無人の地帯でダンテの「地獄篇」の或る場面にそっくりだったというようなのだった。ルカスは大戦が勃発すると同時に志願して従軍し、その当時は英国にまだ徴兵制度がなくてそれまでの正規軍以外の将兵は凡て志願によるものだったから英国の国民のうちで最も優秀な分子が各戦線の戦場で薙《な》ぎ倒されて英国政府はしまいに止むを得ずに徴兵制度を布《し》いた。尤もこういうことは反戦論が知識人の装飾品になっている今日の天下泰平の日本には伝え難い。併し我々の話は愚論と関係がなくてルカスは戦争で自分が経験したことを話してくれた。

当然これは後になって他の方面から聞いたことであるがルカスは勇敢な軍人だったらしい。先ずソンム河の戦線で五ケ所の重傷を負って後方に送られ、その半年ばかり後に戦線に復帰すると今度はドイツ軍の毒ガス攻撃に会って肺炎を起し、まだ抗生剤のようなものがない頃で危篤に陥ったのをどうにか命を取り留めて情報関係の仕事に廻された。そのソンム河の戦闘でドイツ軍が所謂ジイクフリイト線まで退却した時ルカスは敵が退却したことを確める為に単身で敵のもとの陣地まで匍匐前進して行き、どこにも敵がいないことを自分の眼で見てそのことを報告したことが第一次世界大戦の戦史に載っている。又肺炎で出血を止める方法がないと聞かされて雑嚢にその頃出たばかりのH・G・ウェルスの本があるのを読み掛けのままではどうにも死に切れないと思い、これを読みながら危篤の期間を過したという話もある。ルカスは後年これをウェルスが自分の年代のものにどれだけの意味を持つものだったかを示す為に自分よりも年下のものに語った。

これも人から聞いたことで、その最初にルカスにお茶に呼ばれた時にその話は出なかった。その代りに負傷して赤十字の舟で中立国のオランダの運河を運ばれて行くと上に青空が拡っているのが少したつと必ず橋の下を通るので遮られ、そこを過ぎると又青空が上に拡るのが何とものどかな思いを人にさせたものだとルカスは言った。殊にヨオロッパで戦史が始って以来の凄じい砲撃にさらされて塹壕《ざんごう》での日夜を送った後でそういう牧歌的な時間の流れを知ることになればそれはのどかというようなことを通り越したものだったに違いない。その砲撃は激戦痴呆（shell-shock）という一種の精神障碍の後遺症を生じるに足りてケンブリッジでシェイクスピア学の大家が「マクベス」に就て講義するのに通っていた時この学者が講義の途中で体中が震え出して口が利けなくなり、これが暫く続くと止んで又講義を始めることがよくあったのを覚えているが、それがその後遺症なのだと誰かが教えてくれた。

ヨオロッパでの戦争というのは交戦国の国民にとって言わばその軒下、眼の前で行われるもので一度敵が自分の方の防備を突破すれば忽《たちま》ち文字通りに目前にその大軍が迫り、フランダアスの戦場での砲声が英国の南部で絶えず聞えていた。もし敵になる国があって武器を取ればこれに対して武器を取らざるを得ないのである。又それ故に戦争の悲惨は生活感情であり、反戦というような他所の写真を見て自分が進歩的であるのを誇る児戯と違って戦争は一切の終焉を覚悟せざるを得ない悲劇であってそれでもその悲劇に出演する以外にない場合があることが認められている。ルカスにとって第一次世界大戦も、そして又第二次世界大戦も自由を、それは自分の国で生活する自由を守る為の戦いだった。もし生活が一片の詩であるならば一片の詩の為に死を覚悟するというのはそういうことである。併しこれは戦闘での行動で表すことであってルカスがそういうことを言ったことは一度もなかった。

そのお茶の時にルカスの *Cécile* という歴史小説のアメリカ版が出た所だったのに署名して貰った。これがディッキンソンに本を貰った後だったことは確かでこれも焼いてしまった本の中で惜しいものの一つである。併しその内容をここで紹介すれば書評になる。ルカスはその当時既に幾冊かの著書があってその中ではアリストテレスの詩論を扱ったものが広く知られ、その学者としての業績ではエリザベス時代の劇界の鬼才だったウェッブスタアの著作の定本があり、これは今でも行われている。併しこの何巻かに亙るウェッブスタアの著作集に就てルカスは自分も馬鹿なことをしたものでウェッブスタアが好きならばその傑作、例えば「マルフィ公爵夫人」と「白魔」だけの定本を作ればいいのに著作の全部に就てそれをやることにしたので余計なことに大変な時間を取られたと言っていた。ルカスには詩人、或は文士と学者の両方の面があってその学界に対する寄与にも拘《かかわ》らず詩人や文士の仕事により多くの価値を認めていたようだった。実はその頃までまだこっちは学者になるか文士になるかどっちとも決め兼ねる気がすることがあって文士の方を結局選んだのに就てはルカスの影響が大きかったことに今になって思い当る。ルカスの最初の詩集である *Time and Memory* がその頃の前衛派だった Peter Quennell に認められたことをこの辺で書いて置いた方がいいかも知れない。

併しルカスの批評、或は所謂、文学上の立場が一九三〇年代の英国の文学界で反感を買ったことは殊に今になって見れば容易に理解出来る。当時はエリオットが全盛でF・R・リイヴィス夫婦やI・A・リチャアズがその一派に属し、こうしてこの人々を一括して考える大ざっぱな論法からすればこれは所謂、文学を恐しく真面目にであるよりは鹿爪らしく扱う態度に徹した一派だった。又これはエリオットが始めたことではなくて例のT・E・ヒュウムという奇妙な人間が文学を宗教と取り違えたことに端を発している。それがリチャアズに至って文学が科学になり、更に後にリイヴィスがエリオットを直訳すれば体制側ということで非難し出したことはここでは重要でない。併しルカスがこの一派の欺瞞、見方によっては自己欺瞞に苛立たずにいるにはその古典文学の知識が正確であり過ぎた。既に「荒地」が出た時に書評でこれを認めなかったのは先ずルカスだけだったのではないかと思う。又そのように機を見るのに敏であることを拒否した点でもルカスはエリオットの正反対だった。

ルカスにお茶に呼ばれたのでお返しの意味もあって下宿にお茶に来て貰ったことがあった。ケンブリッジという学生の町は学生がどんなに質素にでも又贅沢にも暮せるようになっているのがその公認された特色とも呼ぶべきものになっていて町を歩いていると日用品の安ものを売っている市場から一流の酒を揃えている酒屋、又高価な美術品の店まであり、凝った瀬戸物などを陳列している小さな店で組で作ったのでない紺碧の紅茶茶椀を一つ買って使っていたのをルカスは褒めてウェエルスの山麓の矢車草がそういう色をしていると言った。そういうそれぞれ違った紅茶茶椀を幾つか持っていてお茶をするのに使ったがルカスにそれと何を茶受けに出したかはやはり覚えていない。ルカスはそうして客になったり主人役をしたりする時に勉強の話は決してしなかった。併しその点では詩とか文学とかいうのは重宝なもので勉強というようなことと関係なしに話の材料になり、ルカス自身が本を読んだり詩を愛したりするのが何の勉強なのだという態度だった。

そのお茶に来てくれた時にこっちはどうも自分には良心というものがないと思うと言った。大概の若いものが考えたり言ったりすることであるが、それだけでは話にならないので寧ろ自分の基準は見事であるか醜いかというようなことにあると付け加えた所がルカスが椅子から体を乗り出した。或は乗り出したのよりもいきなり体を起した感じだった。そしてそれがギリシャ人が標榜したことなのだと言ってその時 kalosk' agathos という言葉を始めて聞いた。日本の理想もそこにあるのだということを解ってくれたのかと思えば今でも嬉しい。又その当時のケンブリッジにもまだ残っていた何か清教徒風の道徳主義というのか宗教臭というのか、例えば日曜は安息日だというので芝居その他を興行するにはそうした点では大学と一体の市の特別な許可を得なければならないというような無意味な感じがする束縛から逃れるのに我々が先輩と、或は学生同士でこういう話をするのに一層の興味を持ったこともそのルカスとの話のことで久し振りに記憶に戻って来た。尤もオックスフォド、ケンブリッジの両大学がもとは僧院だったのであり、神学が現在でも正課であって英国の国教である聖公会の僧侶の多くがどっちかの大学の出身であることもここで忘れてはならない。あの小さな町はヨオロッパの縮図だった。

ルカスはその頃ヴィクトリア時代の詩人達、例えばベドウスとかクラッブとかに就てとアリストテレスの詩論に就て講義していてアリストテレスの講義ではどこかでアリストテレスが唐突で信じ難いということの形容に一スタディオン、言わば一マイルもの長さの動物と言っているのを取り上げてアリストテレスにしては珍しく大胆な言い方だと評したのを覚えている。その位のことしか講義で聞いたことの中で記憶に残っていないのはルカスの本を既に読んでいたからで、これは大学で聞いた殆どの講義に就て感じたことであるが同じ内容が遥かに正確に書いてある本が読める時に講義を聞くというのは本の作者と顔を合せてその肉声に接することが出来るというだけのことに思われた。それでルカスに実際に教えられたのは個人的に会っている間と毎週ギッブスのルカスの部屋で行われる弟子達の集りでだった。ルカスは何れは廻って来る第一次卒業資格取得試験でも Tripos の第一部を訳すならばそのことを頭に入れながらその文学論、人生論を展開し、ルカスと議論するのは個人的に会っている時に行われた。ルカスも試験の出題者、又審査役の一人だったのであるからこの弟子達の集りは受験の準備を兼ねていた。

併しルカスがそういう時にする話は面白かった。それがどういうものだったかを例を挙げて示すよりもここで思い出すのはサミュエル・ジョンソンの Clear your mind of cant、合い言葉を信じるなという格言である。いつの時代にも流行を追ってこれに遅れることが何よりも気になるものがいて、これは今日の日本に限ったことではない。もしルカスに立場と言えるものがあったとすればそれは流行の符牒を顧みずに正常であることだった。これを常識に従うと言い換えるのは必ずしも当っていなくて常識というものが暫く失われて我々が自分の精神の正常な働き、その精神がどこかどうかしていない時の働きに頼る他ない状態に置かれることがある。或はそれが二十世紀前半では誰もが置かれた状態だったかも知れなくてそうした事情では流行が常識に代って流行することになる。又確かにそういう時に正常であることは斬新という印象を与える効果を収めることがあっても我々の注意はその斬新の方に行って正常は見逃される。例えばヴァレリイの「ドガ、ダンス、デッサン」は今日でも読まれているが、その中に絵画史の要約のようなものがあってヴァレリイの本が出た当時、殊にその所を取り上げてアンドレ・ロオトという、これは曾て日本にもいたことがある画家がN・R・F誌上に烈しい反論を書いた。その部分が当時の絵の世界での流行に正面から衝突するものだったからである。併し各種の主義や流派を離れて考えるならば絵の歴史というもの、或はヨオロッパでの絵の歴史はヴァレリイが書いた通りのものである他ない。

この正常であるということがルカスから受け取った最も貴重なものであることが漸くこの頃になって解った。別にそういう話をルカスがした訳ではなくて正常を英語で何と言うのか現在でも知らない。併しルカスの本の選択にもそれに対する批評にもそういう人間の精神の病的であることを斥《しりぞ》けた働きが感じられてそれは本の世界全体に光が及んで行く感じだった。我々の精神が病んでいなければ特定の主義が読書の楽みまで左右するということがないからである。例えばもし所謂、文学なるものに少しでも意味があるならばそれは本を読む楽みから出発して常にこれに即し、そこに結局は戻って行くのでなければならない。ルカスが二週間置きの論文の題を出すのに就てその趣旨を説明するのに時間を取られるというようなことがない晩はよく我々に一種の遊戯をやらせて、それはルカスが前に用意して置いた詩や散文の断片を作者の名前を言わずに読み上げてそれが誰のものか我々に紙切れに書かせてその正解の点数を競わせるのだった。その遊びでこっちは文体というのが何であるかを知った。

英国の文学を通して文士の仕事の勉強をするのがどうにも不安になって帰国することに決めた時にルカスの所にもそのことを言いに行った。その部屋はその頃はギッブスでなくてもっとルカスの家に近いコレッジの一角にあって階段を登りながら右に曲って登り詰めると突き当りがルカスの部屋だった。実はルカスとは前からそういう話をしていて帰ることにしたと言っても別に驚かなかった。序でにここで付け加えると英国の大学というのはもともとが就職の機関ではないのであるから各種の理由から途中で止めるというのはそう珍しいことではなくて例えばシットウェル姉弟はオックスフォオドでギルバアトとサリヴァンの歌劇が流行したのに堪えられなくて止めている。もし文士というのが一つの職業ならば寧ろこっちの方が就職の理由で止めたことになる。そして何日かして又ルカスに会うと顔色がよくなったと言って喜んでくれた。その前からこっちがどうしたものか迷って本も読まなくなっていたのを心配してくれていたのである。

ディッキンソンと違ってルカスとの付き合いはこっちが日本に帰ることで実質的に終ったのでなくて或る意味では別な付き合いがその時から始った。その手紙で戦争になるまでの分は焼いてしまったが、それから戦争が終って漸くこっちも文士の仕事らしいものをやり出した。そして英国の文学に就ての一冊が出来上った時にそれに手紙を付けてルカスの住居がどこになっているか解らないのでキングスに宛てて送ると直ぐに返事が来てルカスはもとの家に住んでいた。或は寧ろそこに戻って来たと言うべきで今度の大戦が始った時に四十五歳になっていたルカスは戦争中は英国の外務省に設置された諜報機関に宿舎を宛てがわれて勤務し、それから大分たって又会った時にそれが自分の生涯で最も幸福な数年だったと言っていた。それともこれは最初に返事をくれた時に書いて来たことだっただろうか。今その手紙を改めて探し出して来て読む気がしない。ルカスは大戦が始る前からファシズムの脅威、というようなことを今日の日本で書いても何のことか解らないが要するにこれは実際にムソリニとヒットラアが起した運動であるファシズム、ナチズムの危険を警告することに挺身して当時はファシズム側だったエズラ・パウンドがルカスに罵言を加え、ゲッベルスはナチスが英国を降服させた暁に粛清すべき英国人の中にルカスの名を挙げた。従って大戦が始ったのはルカスの宿願が達せられたことで確かにそれまでの英国政府の態度には煮え切らないものがあった。それ程ヨオロッパで反戦ということはドイツやイタリイのような妙な国を除いて動かし難い輿論になっている。

もう一度ルカスに会えるとは思っていなかった。それは日本が大東亜戦争でおしまいになる気がしていたのと同じであるが余りこういう予測というものは当てにならなくて昭和二十八年の夏に二十二年振りに又英国の土を踏んだ。実際にそういう感じがしたのだから土を踏んだと書く他ない。その前から打ち合せがしてあって英国にいる間の或る日の朝ケンブリッジ行きの汽車に乗った。戦後の英国というものが一体に戦前と比べて段違いに明るくなっている感じを別にすればケンブリッジも昔と少しも違っていなかった。ルカスの家も同じで玄関に近づいて行くと右側の窓に人が動く気配がしたのでルカスがその書斎からこっちを見ていたことが解った。そこの玄関を入って直ぐ右側に小さな部屋があってそれが昔からルカスの書斎になっていた。そこに入ったことは遂にないが本棚の一つにルカスが対訳で出した*Pervigilium veneris* の立派な本があったことは知っている。ルカスも少しも変っていなかった。こういう再会をどう言うのだろうか。その何十年も前と余りに凡てが同じで自分だけが変っていれば自分の方を疑わないではいられない。それは時間が止ったのとも違っていても し止ったのならば自分が変るということもなかった筈である。

ルカスは戦争中に結婚していて子供も二人あり、夫人や子供達にも引き合された。それで大きな部屋の方は昔のままの感じではなくて戦後の英国らしいとも言える明るい気分が漂い、夫人と子供達は初対面だったから今度はルカスと自分が時間に取り残されたように思われて来た。併し二十二年というのは長い月日であってそれまでに何度か手紙の往復はあったが、その程度のことで二十二年間に起ったことが言い尽せるものではない。ルカスにはこっちが戦後に出した本は凡て送ってあった。併しルカスに読めるのはその中に偶にある横文字の引用に限られていて、その上に自分がした仕事に就て口頭で説明することになった時にどれだけのことが言えるだろうか。一体に自分の仕事というのはそれがすめば自分にとってなくなったも同然になるものである。併しそれでルカスと話すことがなくなった訳ではなかった。寧ろそれは二十二年前に一度打ち切られたことがそのままそこから又始ったのに似ていた。

ルカスにそれから又十年して会った。その間にルカスがした仕事には目覚しいものがあってそのチェホフ、シング、イエイツ、及びピランデロを扱った劇文学論を送られた時は遂にここに大文章と呼べるものがあると思った。このことをルカスに会って言ったかどうか。その次に英国に行く二年前の一九六七年の夏に夫人から手紙が来てルカスが胸の古傷から急速に発達した肺癌で死んだことを知った。それまでにも親しかった人達をなくしていてもこの死だけは予期していなかった。

（『交遊録』第三回・「ユリイカ」一九七二年九月号）

ボオドレエル

一時はボオドレエルの詩が、詩というものの凡てであるように思っていたことがあった。それを読む気を起したきっかけは、パリにいてロダン博物館に行き、「悪の華」の、

Je suis belle, ô mortels! comme un rêve de pierre,

の一句が題になっているロダンの彫刻を見たことで、その彫刻がどんなものだったかはもう覚えていないが、この句には打たれ、それで本屋に行って「悪の華」を買って来た。これはCollection Les Université de Franceと出ている版でそういう叢書だから校訂も確かなものだったのだと思う。今それが手許にないのは戦争で焼いてしまったからであるが、当時、耽読した証拠に、パリでこの詩集を最初に読んでから三十何年かたった現在でも、その中の

詩でまるごと記憶に残っているのが幾つかある。

「悪の華」を読むことになった縁もあることで、先ずロダンの彫刻の題になった句が出て来る La Beauté というのを読んだ。その当時は幾分、神経衰弱気味で、美に就ての詩なのに、第一行で、私は美しいと来るのは少し可笑しいのではないかと思ったのまで覚えている。併しこの詩を読んで行くうちに、そんなことは問題ではなくなった。

Je trône dans l'azur comme un sphinx incompris;
Et jamais je ne pleure et jamais je ne ris.

それまでこういう詩を読んだことがなくて、この時、始めて詩の言葉というものが鳴り出した感じだった。それは大学の英文学科に籍を置いていた頃で、何故かまだ英国の詩を理解することが出来ず、詩に親みが持てないでいる状態だったから、これは文字通りに詩というものとの最初の接触でもあった。或は少くとも、それまでに読んだどの詩人にも、これ程に強く動かされたことはなかった。

それから何年かの間はヴェルレエヌよりも、ヴァレリイよりも、或はゲエテよりも、シェイクスピアでさえよりも、詩はボオドレエルだと思っていたが、ボオドレエルの詩の特徴は、或はこの強さということにあるのかも知れない。尤も、強いというのに色々な意味があることは解っている。ここで言っているのは、力が言葉の蔭に隠れて僅かに言葉の余韻を消え難くしているようなものではなくて、言葉の響に金属性の明るさと固さを与えている種類の強さを指し、これがボオドレエルの詩と一つになっていつも思い出される。例えば、あの Mœsta et Errabunda の、

Dis-moi, ton cœur parfois s'envole-t-il, Agathe,

という句で始る幾節かの詩でも、その体裁は優しい呼び掛けになっていながら、これ程はっきりした韻律を頭に刻み付ける言葉というものは、ボオドレエルが独占するものではなくても、少くとも彼の詩を他の詩人達のから区別することを容易にしている。

Dis-moi, ton cœur parfois s'envole-t-il, Agathe,
Loin du noir océan de l'immonde cité,

Vers un autre océan où la splendeur éclate,
Bleu, clair, profond, ainsi que la virginité?

或は例えば、Une Charogne の終りのうちに出て来る、

Et pour*tant* vous *êtes cette* pourri*ture*,

の句などになると、発音の強弱がないことになっているフランス語が、その強弱で韻律が決定される英語の性格を帯びて、薪《たきぎ》は谺《こだま》して敷き石の上に落ち、心臓の鼓動のようなものが我々の耳にも伝わって来る。

Il me semble, bercé par ce choc monotone,
Qu'on cloue en grande hâte un cercueil quelque part.
Pour qui?—C'était hier l'été; voici l'automne!
Ce bruit mystérieux sonne comme un départ.

このChant d'Automneの一節でも、sonneという言葉は確かに鳴っているが、それがボオドレエルの詩というものなのであるから、そういう所を一々挙げていたら切りがない。それだけ、覚え易いということもあるかも知れない。併し兎に角、ボオドレエルのそういう詩の幾つかはいつの間にか、無気力な状態にある時にこれを祓う一種の呪文のようなものになって、そんなことから、詩は苦悩であるとか、苦悩から滲み出て響き渡るものが詩だとか、勝手な熱を上げていた一期間もあった。併し呪文でも、苦悩でもなくて、今でも美しいと思っているボオドレエルの詩の一節がある。これはTableaux Parisiensのどこかに出ている筈である。

Je pense à la négresse, amaigrie et phthisique,
Piétinant dans la boue, et cherchant, l'œil hagard,
Les cocotiers absents de la superbe Afrique
Derrière la muraille immense du brouillard;

（人文書院版『ボードレール全集』第三巻月報・一九七五年六月）

ヴァレリイのこと

一番初めに手に入れたヴァレリイの本は詩集だった。堀口大學氏訳による「紡ぐ女」という詩を友達が写して送ってくれたのに惹かれてヴァレリイの詩集というのはないものか本屋に聞いた所が、普及版が前から予告されていてまだ出ていないということで、それから何ヶ月かしてそれが出たのを買った。その頃はヴァレリイというのがどういう人間なのか全く知らなくて、そういう詩人がいるということだけがその詩集で解った。「紡ぐ女」はその巻頭にあり、驚いた。

Le songe se dévide avec une paresse
Angélique, et sans cesse, au doux fuseau crédule,
La chevelure ondule au gré de la caresse……

などという水が流れて行くのと同じ感じがする句をそれまで読んだことがなかったのである。

誰でも知っている通り、この詩集にはヴァレリイが書いた詩の殆ど全部が入っていて、「若きパルク」も、「消えた葡萄酒」も、それから「海辺の墓地」の一部もこの本で読んだ。「海辺の墓地」を何故読んでしまわなかったのか覚えていないが、「若きパルク」程は心を動かされなかったことは確かで、その「若きパルク」の、

Souvenir, ô bûcher, dont le vent d'or m'affronte,
Souffle au masque la pourpre imprégnant le refus
D'être en moi-même en flamme une autre que je fus……

などという句は今でも記憶に残っている。もう一つ、女の奴隷が柔かな鎖を引き摺《ず》って花瓶の水を換えて廻っているという詩も時々頭に浮んで、その先がどうなっていたのか、この詩集を戦争中に焼いたのが惜しいような気もする。少くとも、これは蔵書の中で惜しく思っ

ているものの一つだった。

併しその詩集よりもそれから暫くして出た「ヴァリエテI」は一時は首っ引きで読んでいたもので、ヴァレリイの詩に初めて接しての驚きはもうなかったが、本を読むというのがこれ程内容があるものであることをそれまで知らなくて、この批評集の為に読書の観念が変ったと言える。例えば、トルストイの「戦争と平和」では確かに一つの世界が描けていて、そこに自分も入って行けるのがこの小説の魅力であっても、それ以上にその世界のことに立ち入るのは登場人物の肉体が阻んでいて、又その肉体がなければそこの世界の展開も止るという制約が小説というものにはある。「ヴァリエテI」に収められているダ・ヴィンチ論のどこかでヴァレリイは je ne rêvais qu'à *l'amande* と言っている。つまり、ダ・ヴィンチがフランソア一世にどんなことを言い、モナ・リザとどういう具合に付き合ったかなどというのは問題ではないではないかということであって、その代りにヴァレリイのダ・ヴィンチ論にはダ・ヴィンチの精神の世界、或はそこに遊ぶヴァレリイの意識そのものがある。

この「ヴァリエテI」も今はないので、最初のダ・ヴィンチ論と所謂、「覚書と余談」、又これよりも更に後に書かれた「レオナルドと哲学者達」が頭の中でごっちゃになっているようであるが、そのどれかにダ・ヴィンチの精神が段々に大胆になって人間を空中に舞い上らせ、暑い日に山の頂から雪を取って来て町に撒かせるという所がある。これはダ・ヴィンチの力学上の研究、又空気というものの性質に就ての思索などに続いてのことだったと記憶していて、それが飛行ということに、更に又、暑い日に雪を降らせるということに繋るのは確かに大胆であり、又それは文字通りに飛躍と呼んでいいことであって、それは更に我々に総合とか、統一とかいうことを思わせる。やはりヴァレリイのダ・ヴィンチ論のどこかにダ・ヴィンチの人体の研究がこの人体という一つの自然の傑作に対する驚異と常に結び付き、人体というのが余りに美しいものなので魂が死に際してこれを離れる時に涙を流すのではないかという意見をダ・ヴィンチが述べていることが出て来る。こういう人間にとって、それが科学の創始者の一人でありながら、科学も明かに一つの手段に過ぎず、ヴァレリイのダ・ヴィンチ論には人間であることとの科学とは縁がない喜びがある。

覚えている限りでは、最初のダ・ヴィンチ論とそれに続く「覚書と余談」が「精神の危機」とともに「ヴァリエテⅠ」に収められていて、「ヴァリエテⅡ」にボオドレエル論やスタンダアル論、「ヴァリエテⅢ」に「レオナルドと哲学者達」、「精神の政治学」、「地中海の感興」などがあった。何れもガリマアル書店の普及版で、今でも本棚に並んでいたならば、やはり時々出して読むだろうと思う。どうも本というのは初めに読んだ時の版で持っていたい気がするもので、それでフランスで最初にヴァレリイ全集が出た時も買わず、戦後になってからのプレイヤアド版のヴァレリイ集も持っていない。尤も、「ヴァリエテⅢ」以後にヴァレリイのものを余り買わなくなったのに就ては、その頃からヴァレリイを訳し始めて、そうするとヴァレリイも仕事になり、それまでのように無心には読めなくなったという理由もある。「地中海の感興」でこの海の沿岸にギリシャ、ロオマの文明が生れる有様がこの海そのものと一つになっているのに打たれるのと、それをどうやって日本語で表すかということはそれぞれ違った世界のことに属する。

併しまだこの他にヴァレリイの本を何冊か持っていた。その一つは「テスト氏」で、その中にあるテスト夫人の手紙に、テスト氏はテスト夫人がお祈りする時の精神状態を実に克明に分析して見せることが出来るが、不思議にそこには希望の要素が認められないと書いてあったのを思い出す。それは希望が分析の対象にならないからではなくてテスト氏、であるよりもヴァレリイにとって希望などというのは意味をなさないものだったからに違いない。そんなものを持つよりか自分に与えられた能力を開拓した方がいいということではなかったのだろうか。先日、人が持っているプレイヤアド版のヴァレリイ集で、ヴァレリイが死ぬ少し前に、après tout, j'ai fait ce que j'ai pu, ……と書いていることを知った。それでいい訳である。ヴァレリイは「精神の政治学」か「知力の危機に就て」のどっちかで今日の人間には現在というものがないと書いているが、彼の作品では凡てが現在である。

（筑摩書房版『ヴァレリー全集』第十一巻月報・一九七四年二月）

不思議な国のアリス

子供の人格を尊重するということは、子供に国会や銀行の真似事をさせて見たり、叱り付ける代りに、その良心に訴えたりすることではない。それは先ず子供の世界の不可侵性を確認し、次に子供の立場に自分を置くこと、と言うのは、大人になってから身に付けた凡てのものを、自分が子供であれば利用するのに都合がいい材料に過ぎないと考えることである。童心に帰るということは、自分に忠実であるということの他には、別に意味を持たないのであって、それを怠らないものならば、子供の頃の自分が、大人に成長した以後の自分と本質的には少しも違っていないことを、常に自覚している筈である。

その子供の世界が独立したものであるのは、寧ろ大人が住んでいる世界の方が色々な条件を課せられて、子供には想像が出来ない程不自由なものにされている結果である。子供にはまだ可能と不可能の区別が付かない。併しこれは筋が通った無智である。そして子供の世界の豊富さが架空のものであるにしても、その豊富さは、我々が大人になった後にも我々の生命であって、その範囲を次第に狭められながら我々は生きて行く。従って子供の世界は貴重なものであり、それを守ることは、大人が自分に忠実であることの現れと見ることが出来る。

英国人が子供を厳しく躾《しつ》けるということは、一面に於ては、この子供の世界を守るということに他ならない。子供達が大人と交渉を持つ限りでは、凡てが規則、又は仕来《しきた》りで定められているが、それは子供と大人の間に、一つの越えられない壁を築いて、その壁の内側で子供は子供達同士で全く自由である。子供は大人の世界に立ち入らない代りに、大人が子供の世界に入って来ることも、子供の欲望を満すことに掛けて、子供よりも巧みな子供としてのみ許される。ナアセリイと呼ばれる、子供だけの遊び部屋があったり、クリスマスや子供の誕生日に、子供本位の集りが催されたりする仕来りも、凡て英国に起ったものであるが、同じことが、英国の童話が優秀である原因となっている。

一つには、そういう物語に文学としての幅を与えるだけに、子供に独自の生活が発達しているのであり、又その発達の事情から言っても、大人は子供に話をして聞かせているのではなくて、大人が子供に自分の智慧を貸して子供とともに、自分も掛け値なしに楽める世界を作り出しているのである。例えばA・A・ミルンの「ウィニイ・ザ・プウ」にしても、バリイの「ピイタア・パン」にしても、何れもその成立の事情を読むと、作者が子供の友達と夢物語を合作して、プウごっこや、ピイタア・パンごっこをすることに端を発している点で一致している。作者も遊んでいるのであって、子供も作者を自分達の仲間に入れている。そこに大人の機智と、因果関係の認識が子供の無邪気さと一つになって、優れた童話に必ず見られる、そして例えばギリシャの神話がその典型である、合理と不合理の混淆が出現する。それは、大人にも納得出来て、然《しか》もそこで行われる論理の飛躍には、子供の想像力の新鮮さがある。

「ピイタア・パン」に出て来る海賊船の船長は、ピイタア・パンに右腕を切り落されて、それを食べて味を占めた鰐が左腕も食べようとし、それからは執念深く船長の後を追い廻している。船長は鰐が来た時に直ぐに解るように、鰐に置時計を一つ呑ませて、時計の音が聞えて来ると、ピイタア・パンと渡り合っている最中でも、早速逃げ出す。そして時計を巻くことが出来ないので、何時かは止るのを始終心配している。ここには、イアソン達が金羊毛を求めに行く為に、巨船アルゴを作り、船が重くて水辺まで運ぶことが出来ないので、オルフェウスが竪琴を取り上げてコルキス地方の景色の美しさを歌うと、その地方の木材で出来ている船は生れ故郷を思い出し、独りでに水の方に滑って行くというような、ギリシャ神話の即物主義と同じものがある。更にそれは「千夜一夜」を想起させる。宰相の美しい娘と初夜を明す前に、傴僂で鳩胸の馬丁が便所に入ると、そこに魔物が現れて、馬丁は体中の気力が下痢となって彼から去るのを止められなかった、と書いてある。又、原文を持っていないので、正確ではないが、A・A・ミルンが書いた童謡にこんなのがある。

どこに行っても、
家に帰れば、
「今日はいい子だったのでしょうね。」
いい子、いい子、
動物園でも、お茶の会でも、
帰れば、
「今日はいい子だったのでしょうね。」
ほんとにいやになっちまう。

併し英国の児童物に見られる、このような機智と、純真さと、微妙な論理の追究は、ルイス・キャロルの「不思議な国のアリス」でその代表的な表現を得ていると言える。アリスが野原で遊んでいるうちに眠ってしまって、夢の中で、背広を着て胴衣のポケットに時計を入れた兎が通るのを見る辺りまでは、我々が読み馴れて来た多くの童話と余り変らないが、アリスが兎の穴に入って行って、底なしの井戸のような所を落ち始める頃から、話が大分違っていることが感じられて来る。アリスは途中に掛けてある絵や地図がゆっくり眺められる早さで、井戸の中を落ちて行きながら、色々なことを考える。

こんな大変な落ち方をした後では、階段の上から落ちたって何とも思やしない。そしたら私が勇敢な子だと言って、何て皆に褒められることだろう。これなら、屋根のてっぺんから落ちても、きっと何も言わずにいるに違いない（それは、屋根のてっぺんから落ちたら、確かに何も言えやしない、とドッジソンは註釈を付けている）。

……一体私はもう何マイル落ちたのだろう。地球の中心の近くまで来たのではないか知ら。そうすると、どうなるのだろう。四千マイル落ちたことになるんじゃないか知ら（ここでもドッジソンは、アリスがそういうことを地理で習って、誰も聞き手がいないのに、自分の学問を見せびらかしているのだ、と註釈を付けている）。

……私は地球の中を通り過ぎて、向う側に出て来るのではないか知ら。……そんなことになったら、私がどこの国に来たのか、誰かに聞かなければならない。「一寸伺いますが、ここはニュウ・ジイランドでしょうか、オォストラリアでしょうか。」〔……〕そして聞かれた人は、私のことを何て馬鹿な女の子だと思うことだろう。聞くのは止めにした方がいい。それに、どこかに書いてあるかも知れない。

これは子供が言うこととして、少しもませてはいない。子供を知っているものならば、これは直ぐに解ることであって、それよりも、子供の方でそれを知っている。子供が独りで遊んでいる時、ぶつぶつ自分に言い聞かせているのは、そういう真面目くさった、大人染みたことなのである。併し子供の独り言から進んで、大人の智慧が子供の想像力に、子供だけでは実現し得ない飛躍を与えている所にこの物語の、子供のみならず、大人の読者が感じる喜びというものが約束されている。

例えばアリスが毛虫に会って、それに教えられて毛虫が止っていた菌の端を噛《かじ》ると、それまで背が高くなろうとしていたのが薬が利き過ぎて、頸《くび》が空中に伸び上り、遥か下に見える緑のものを、やっと森だと判断して、頸を折り曲げて森の上まで顔を持って来る。そうすると、大きな鳩が飛び立って、アリスに襲い掛る。鳩はアリスが蛇の一種で、鳩の卵を盗みに来たのだと思っているのである。

「蛇奴、」と鳩が叫ぶ。そしてアリスが、自分は蛇ではないと弁明しても、鳩は蛇だと言い張って聞かない。そして泣き声になって、

「どうしても蛇だ。私は遣《や》れるだけのことを遣って見たのに、まだ蛇が来る。……木の根の所に巣を作っても見たし、土手も、生垣の下も遣って見たけれど、皆駄目だった。……卵を孵《かえ》すだけでも大変なのに、その上に夜昼、蛇の用心をしていなけりゃならない。私はこの三週間というもの、全然眠れやしないのだ。」

そしてアリスが気の毒になって、又弁解しようとすると、鳩は金切り声を張り上げて、

「今度は森で一番高い木を選んで、もう大丈夫と安心していれば空から匐《は》い下りて来る。うゝ、いやだ。蛇奴。」

「でも私は蛇じゃないんですよ。」

「じゃ何なんです。嘘を付いてごまかそうと思って、考え込んでいる。」

「私は、――女の子です、」とアリスが、自分でも解らなくなって、余りはっきりしない返事をすると、

「そうかね、」と鳩はアリスを全然信用しない調子で答える、「私は女の子なら随分見たけれど、お前さんのような頸をしたのは一人もいなかったね。お前さんは蛇だね、幾らそうじゃないと言っても駄目ですよ。その次は、卵なんか食べたことはないと言うんだろう。」

「それは食べたことはありますけれど、」とアリスが仕方なしに答える、「卵を食べるのは蛇だけじゃなくて、女の子だって食べるんです。」

「そんなことがあるもんですか。それに、若《も》しそうだとしたら、女の子だって一種の蛇じゃありませんか。」

これにはアリスも困って、自分は生卵は嫌いだと言訳をして漸く許して貰うのであるが、ここに出て来る鳩は一箇の人物として、或は何かもっと広い、或る人間の型というようなものとなって我々の記憶に残される。そしてこの印象は、動物や無機物にまで自分に親しい存在を思い描いて、これに話し掛ける、子供の想像力の働きに酷似している。

併しこの物語には、そのような説明を無意味にする、奇想天外な箇所が幾らもある。アリスは不思議な国にいる間に、グリフォンとモック・タアトルと呼ばれる、二匹の動物に出会う。何れも実在しない動物であるが、テニエルが書いた挿絵を見ると、グリフォンは西洋の竜のような恰好をしていて、モック・タアトルは海亀のような形をしている。グリフォンはグリフィンをもじった言葉で、モック・タアトルは、モック・タアトル・スウプと言って、海亀の肉の味がするという程の意味らしい、一種のスウプがあるのから取ったものと思われる。この二匹の動物がアリスに、彼等が行った学校の話をするのである。アリスが、そこで何を彼等が習ったか聞くと、

「先ずリイリングとライシング、」とモック・タアトルが答える、「それから算術、――これはアムビションにディストラクション、アグリフィケイションにデリジョン。」

リイリングとライシングは、勿論、読み書きという言葉をもじったのであるが、同時にそれは、よろめくことと身悶えすることとの意味を持っている。アムビションはアディションで足し算、ディストラクションはサブトラクションで引き算、アグリフィケイションはマルティプリケイションで掛け算、デリジョンはディヴィジョンで割り算のことを言っているのである。併し実際に用いられた言葉の、本来の意味を取れば、野心を抱くこと、何が何だか訳が解らなくなること、人間が汚くなること、世間のもの笑いになること、という訳で、言葉の並べ方が或る一種の進展の形式を取っている。

この学校では、年取った海鰻《あなご》がドロオリングの先生をしていた。図画の先生であるが、ドロオイングではなくて、ドロオリングと言えば、ゆっくりと、気取った調子で話すことであ

る。この先生は図画のドロオリングの他に、ストレッチングとフェインティング・イン・コイルスを教えていた。スケッチング、写生と、ペインティング・イン・オイルス、油絵であるが、言葉の本来の意味に従えば、手足を伸ばすことと、体を幾重にもして気絶することである。然もアリスが、

「それはどんなことをするのですか、」と聞くと、モック・タアトルは、

「どんなだかして見せて上げることは出来ない。もう体の関節が固くなってしまったから、」と答える。

グリフォンはドロオリングは習わず、古典学の先生にラフィングとグリイフを教わった。ラテン語とギリシャ語、或は、笑うことと悲みである。

この辺に横溢する機智、と言うよりも、ドッジソンの上機嫌は、原文で読んで見る他ないものである。それは最早、大人と子供というようなことや、無邪気と成心の対立ではなくて、道化ることに専念する人間の、従ってそれは同時に、遊びに耽る子供の真剣さ、又そういう真剣さに籠められた笑いそのものである。そしてこの一齣《こま》は、二匹の動物がアリスに、彼等が学校にいる時に教えられた蝦《えび》のカドリイルと称する踊りが、如何に楽しいものであるかを語る時の、彼等の狂態に至って、童話の範囲を既に脱した世界を出現させている。

「先ず海岸に立って列を作って、」とグリフォンが言った。

「二列だ、」とモック・タアトルが叫んだ、「海豹《あざらし》に、海亀に、鮭という風に並ぶんだ。そして海月《くらげ》が浮いているのを皆どけてから、――」

「それが容易なことではないんだ、」とグリフォンが説明した。

「二歩進んで、――」

「皆蝦を一匹踊り相手にして、」とグリフォンが叫んだ。

「勿論そうだ、」とモック・タアトルが叫んだ、「二歩進んで、相手の方を向き、――」

「別な蝦を相手にして、同じ順序で戻る、」とグリフォンがその先を言った。

「それからね、」とモック・タアトルが言い掛けると、

「蝦を投げるんだ、」とグリフォンが跳ね上って叫んだ。

「なるべく遠く、――」

「自分で泳いで行ける限りの距離まで投げる、」とグリフォンが金切り声を張り上げた。

「それから海の中ででんぐり返しを打つ、」とモック・タアトルが跳ね廻りながら怒鳴った。

「又相手を変える、」とグリフォンが精一杯の声で叫んだ。

「それから陸に戻って、――それで踊りの初めの部分はおしまいだ、」とモック・タアトルは急に低い声になって言った。そしてそれまで、気が狂ったように飛んだり跳ねたりしていた二匹の動物は悲しげに地面に腰を降して、アリスを眺めた。

「それは随分綺麗な踊りのようです、」とアリスは、先方の機嫌を損じてはならないと思って言った。


二匹の動物の悲みは、蝦のカドリイルを踊っていた、彼等の若い頃に対する憧憬《どうけい》に止らない。そこには、蝦のカドリイルを踊っている充実した瞬間に、それが満された生命の一齣であって、彼等は自分達が幸福であるのを感じていた為に、それだけに、彼等が抱いたに違いない、或る種の虚無感から来る哀愁さえ漂っている。子供はそれをクリスマスの遊戯の真最中に感じ、我々がこれを経験すれば、それ故に自分が幸福だったことを後になって自分に言って聞かせる。何故ならそれは、そういう場合に必ず起る、何か我々が人間であること、又この地上が地上であることに対する不満のようなものだからである。

この物語には、我々が我々の生涯で経験する、大概の感情が織り込まれている。そしてそれは、子供の世界が大人の世界と同じ種類の感情で出来上っていることを示すものであるとして、若しそこに相違があるとすれば、子供は大人と違ってそういう感情を、利害関係を含めての各種の複雑な条件に左右されることなく、ただそれそのものとして受け取ることである。大人の生活を支配するこれ等の条件は、この物語では奇怪な動物の登場や、唐突な事件の連続で補われている。従ってそこには論理の飛躍はあるが、人間の感情に対しては、作者は飽くまでも忠実であることに成功している。そしてその効果の清新さが子供を納得させ、大人に感動を与えるのである。

バリイの「ピイタア・パン」には、体が余りに小さいので、一時に一つの感情しか抱けない妖精が出て来る。ハアレイ・グランヴィル・バアカアはこの有名な作品を評して「原始的な感情の劇」と言った。再びこれは、ギリシャの神話の世界ではないだろうか。感情が清新である為に、同じく捉われない知性の働きにしかこれに干渉することを許さない粗暴さは、英国の童話の論理でもある。この点に気付く時、ギリシャ文化の正当な後継者は英国人であるとさえ思えて来るのである。

（「あるびよん」第三号・一九五〇年一月）

パリ再訪

　四十年振りにセエヌ河を見れば何か感じるだろうと思っていたのが北駅から左岸まで行く途中でどういう訳か河岸に二度ばかり出て一度は河を渡りながらただそうしているだけのことだったのは不思議だった。それが夏で昔のパリの記憶が主に冬に繫っているということもあったかも知れない。併し別な意味でも予想が外れた。パリにはもう行かないと決めた時に聞かされたようにシャンゼリゼエがアメリカの観光客の車で埋められているのでもなければ農協さんの行列がその辺を練り歩いているのでもなかった。寧ろ実際に受け取った印象では始めて見る非常に整った町がそこにあるという感じでパリの町の眺めは絵葉書の写真をそのまま拡大したものと考えて差し支えない。曾ては馴染んだ右岸に来てもこのことに変りはなくてコンコルドの広場に立った時も昔と同じ場所に同じホテルがあると思った程度だった。或は好天に恵まれ過ぎていたのかも知れない。昔のパリは灰色の空の下に幾世紀もの煤で黒くなった建物が並んでいたように覚えている。

尤もこれには説明が必要でパリに限ったことではないが最近になって建物の煤けた壁に砂を吹き付けてもとの白に戻す掃除の方法が工夫されたのがパリでも用いられてコンコルドの広場に立っているエジプトの尖塔までその後に又多少は汚れ出して灰白色に光っている。それでもう百年もたてばもとの何十年か前の黒ずんだパリに戻るに違いない。そしてその時に又この砂を使っての掃除をするというのを繰り返していれば建物自体が痛む筈であってパリでこの砂による掃除の現物を見て無条件に賛成する気になれなかった。ロンドンの聖ポオル寺院もそれで綺麗になっているのを車の窓から見たように覚えているが煤を締め出してしまったロンドンでは別な結論が出るかも知れない。併し凡て恒久的に立派であるものは立派に汚れて行くことが出来るのでなければならなくて市街というものもその中に入る。兎に角この間見たパリの町からはやたらに明るいという印象を受けたのが今でも記憶に残っている。

この前にパリに行ったのは昭和五年の冬だった。どうもそれが今度行ったのと同じ町だと思えない。その頃のパリはその又前に行った時と別に変っていなくて両方とも冬だったが裸になった並木の木立ちが黒く茂っている感じがする向うに煤けて黒くなった石の建物が道路を挟んで並んでいた。又天気も曇っている日が多かったようで冬だから直ぐに日が暮れてパリと言うと街灯に照された町並が先ず頭に浮ぶ。或は曇った空の下に建物や彫刻がどうにもならずにそこにある感じの眺めでその何か蕭条《しょうじょう》たるものが長い間こっちにとってのパリだった。従ってそれは人工の町だったということでもあって町というのが人工のものである他ない訳であってもパリでそれを殊に感じるのは建物や道路や街灯がパリでの通りの形でそこにあれば自然はその景物であるだけで結構暮して行ける気がした為だと言える。それ程町の佇いというようなことをパリの人間が考えていることは今度も感じた。併しそれが夏の日差しの中ではパリにいると思うのにパリというのは灰色に曇っていて寒い向うにガラス戸を締めて温いカフェの明りが招く所という曾ての記憶が邪魔をした。

一つには今度はパリに何も求めていなかったということがあってこれは大きいに違いない。それで四十年前にパリに行った時に何を求めていたのかその年月が流れていれば思い出し難いが要するにここにどういうものでも自分が求めているものがある気でいればそういう人間がルウヴル博物館の定期券を買い、国立劇場でラシイヌをやっていれば見に行って歌劇の出しものにも注意し、本屋を漁り、ロダン美術館がどこにあるのかベデカアのパリ案内の地図で探す。これは一種のお上りさんでそれならばそれなりに情熱を覚えることがあるのだろうから町の眺めも生きて来る筈である。それとただここがパリかと思って歩き廻っているのは違って今度はコンコルドの広場に立ちながら前はよく覚えていたコアズヴォックスの羽を生やした馬の彫刻がどこにあるのか解らなかった。これはもっとテュイルリイ公園寄りだったのだろうか。その公園にも遂に入らなかった。前はルウヴル博物館に行くのに必ず通ったものだった。

それでその頃泊っていたホテルがどこにあったか思い出した。その辺の地理が変っていないこともその近くまで行って確認出来てマドレエヌというギリシャの神殿風の教会がある所からコンコルドの広場の方に行く大通りが Rue Royale、そこを広場に向って行く途中の左側に Rue Caumartin という横丁がこれは気が付かなかったが今でもある筈でその横丁にその小ぢんまりしたホテルがあった。それで Avenue de l'Opéra とか Boulevard des Capucines とかいう名前も記憶に戻って来る。そのホテルがまだあるかどうか見に行ってもよかったのであるが Hôtel de Crillon のように大きなのはもと通りにコンコルドの広場に向っていても横丁の小さなのがドイツ軍による占領にも堪えてもとの場所でやっているとも思えなかった。そこにもとの人達がいないことだけは確かだった。昭和五年、一九三〇年から今日までの四十何年間かにヨオロッパに、又延《ひい》てはフランスに大きな変化があったことは間違いない。戦後に日本で最初にフランス人に会った時に何かそれまでのフランス人になかったものがあると思ったのだったがそれが逞しさというものであることに気が付くのには時間が掛った。第一次世界大戦でフランスは苦戦しても敵に降服するには至らなかった。今度の大戦がフランスにどのような試練を課したかは我々に想像も出来ない。そこから立ち直ったフランス人が住むパリであることを思えば前とどこか様子が違うのを感じても不思議ではないと考えられる。

一九二〇年代、一九三〇年代のヨオロッパというのはまだ第二次世界大戦を控えながら第一次の大戦の処理に一応の方を付けてその大戦でも破壊し尽されなかったヨオロッパを見廻し、その余映を最後のものとも未来に対する希望とも考えることが一種の生活感情になっていた一期間である。それは危機と爛熟《らんじゅく》の状態だったので既に擡頭《たいとう》し始めていたナチスの動き、又その後にこれが辿った径路にもそうした頽廃の影が濃い時にパリにはそれも承知の上でのヨオロッパ的なものの何度目かの開花があった。併しそれが戦争の準備に適している訳ではなかった。その壊れ易い性格が凡て壊れ易いものに共通の光を放ってパリは灰色の町と思いながらこの一時期の状態にあったパリということではそれが木の緑がセエヌ河に映っている町になる。例えばそれは美術館廻りの観光バスの広告が La vie est belle という文句で始っていてそれが当を得ている感じがする町だった。そこには何か響くものがあった。

それだからその町が懐しいという訳でもない。パリが亡びたのではなくてその危険を脱したパリが今度はあった。恐らくはその健全な姿が前に知っていた一九二〇年代、一九三〇年代のパリと違って目新しく感じられたのでそれで始めて見る町という印象を受けたのも必ずしも錯覚ではなかった。やはりカフェはどこにでもあってただそれが主人の一家が家族ぐるみでやっている店だったりするのがこれもそれ以前の経験にない活気を感じさせた。その一家のうちで大人の前掛けを掛けて働いている子供が戦争のことを知っている筈がなかった。考えて見ると今になってまだ戦前とか戦後とか言っている我々と比べてパリ、或はフランスが切り抜けて来た戦争はただ凄惨と言う他ないものだったことが想像されてその戦争もただ一時期のことだったのは現在のパリを見ても解る。そうするとやはり戦争というのは一つの異変、要するに異常に属することになるだろうか。我々が病気になった時と同じでそれが直った後までそんなことを覚えていられるものでない。

ただそれまで知っていたパリが何かの形で戦争の影が差しているものだったので戦争が再び一つの抽象に過ぎないものになった現在のパリが直ぐにはパリと思えなかったということもあるに違いない。これは個人の一生の範囲での経験に就て言っているので一つの国、或は町の歴史からすれば個人の一生というようなものが一瞬のことに過ぎない事実に改めて気が付く。併しそれならばそこから個人の一生の方に転じて我々の一生で戦争がそのかなりの部分を占めているので戦争を不当に大きなものに考えるということはあり得る。それは戦争という種類のことは個人の一生でなくて歴史の長さで測られなければならないものだからで偶然に或る個人の一生でそれがどれだけの部分を占めていてもその為に戦争を大変なものと考えるのは錯覚である。我々の一生も歴史の一部に過ぎないからである。そうすると何か今まで戦争というものが頭にあったのを解かれる為にパリに行ったようなものだろうか。パリの凱旋門はナポレオン戦争時代に建てられたものでパリには他にも他の戦争の凱旋門がある。

そのどれも見には行かなかった。尤もこれは戦争というようなことと別箇の問題でどこかの町に旅行するならば観光バスに乗ったりしないでただそこにいるのに限る。いつまでたっても日が暮れないのはフランスがどれだけ北にある国かを示すもので午後八時になってまだ明るい中を晩の食事をしに行き、そこから戻って来て漸く夕方だった。こういう所にいると気が長くなりもする。併しそれは夏の間のことで秋が来れば四時には日が暮れ始める。併し夜が長ければやはりそう焦ったりする気はしなくてヨオロッパから戻って来てどうにもよく眠ったような感じがしている。

（「波」一九七四年九月号）

或る田舎町の魅力

何の用事もなしに旅に出るのが本当の旅だと前にも書いたことがあるが、折角《せっかく》、用事がない旅に出掛けても、結局はひどく忙しい思いをさせて何にもならなくするのが名所旧跡である。極めて明快な一例として、鎌倉に旅行した場合を考えて見るといい。余り明快でそれ以上に、何も言う必要はないだろうと思う。

勿論、名所旧跡がある場所でも、見物しに行かなければいい訳であるが、そういうものがある場所の人間は習慣から、観光客を逃すまいとしてきょろきょろしている癖があり、それがその町の空気を変なものにして、何もしないで宿屋で寝ていてもどうにも、落ち着かなくなっていけない。その昔、何年振りかで又パリのルウヴル博物館の中庭に立つことになり、頻りにそのもっと昔を懐しんでいると、アメリカ英語を話すガイドが早速やって来て案内をしようと言い、不愉快に思って黙っているのに向うも勝手に腹を立てて、悪態をついて行ってしまった。

尤も、パリ位の大きさの町になれば、大きいだけに町の人間が観光客ばかりを相手にして暮してはいなくて、ルウヴルのガイドでもない限り、大体、放って置いてくれるが、普通に名所旧跡で知られている場所は、殊に日本では、その他に何もなくて、それがそこの気分を旅人にも慌しく感じられるものにする。箱根では温泉であり、吉野では桜であり、奈良がいい町なのは名物の寺や仏様が本ものの名物だからで、従ってこれは例外である。

それで、何もない町を前から探していた、と言うよりも、もしそんな場所があったらばと思っていて見付かったのが、八高線の児玉《こだま》だった（高崎線の本庄《ほんじょう》からもバスで約二十五分で行ける）。幾ら何もないのが条件でも、それには更に条件が付いているのは説明するまでもないことで、例えば、筆者が今これを書いている新宿区払方町《はらいかたまち》の三十四番地も何もない所だが、余り何もなくて、こんな所に旅までして行く気は少しも起らない。やはり、何もない上に、何かそこまで旅に誘ってくれるものがなければならないので、昔は秩父街道筋の宿場で栄えた児玉の、どこか豊かで落ち着いている上に、別にこれと言った名所旧跡がない為ののんびりしたい心地にそれがある。併しその前に、どうしてこの町があることを知ったかを説明しなければならない。

要するに、三年か四年前に、児玉の高等学校から（そういうものは児玉にもある）、講演に来るように言われたのである。これはチャタレイ裁判の縁だったので、伊藤整氏が八高線の終点の八王子附近に住んでいたのがやはり講演を頼まれ、そのお相伴《しょうばん》にこっちも呼ばれて行くことになった。そして伊藤さんは間際になって来られなくなって、それでこっちは二人の持ち時間一杯、喋らされて息も絶えだえになったが、そのお蔭で児玉がどんな町か知ったのだった。後で御馳走になった料理屋の前が児玉の大通りらしくて、向う側の薬屋には昔ながらの、二階の屋根と同じ高さ位の中将湯の看板が二階の障子を隠していた。戦争で焼けなかった児玉にはそういう店がまだ残っているのが、何とも懐しく感じられた。その店を見付けたのが丁度夕方になった頃だったこともその気持を手伝った。随分、沢山の講演料を貰ったことも覚えているが、この方は伊藤さんの分も入っていたのだろうから、別に不思議ではない。

それから何年かたって今月、児玉のことを思い出して、又行って見たくなった。無理すれば日帰りで行ける所に一泊するのも、横須賀線で乗り越ししてよく田浦《たうら》辺りで一泊していた頃の記憶を甦らせてくれていいだろうと考えた。それで「旅」の編輯部の岡田さんに頼んで児玉のことを調べて貰った。三、四年前とは様子が違っているかも知れないし、八高線の汽車が出る時間ももう覚えていなかったからである。

岡田さんが提供してくれた資料のお蔭で、児玉は本庄からバスで行くことも出来ることが解ったが、やはり八高線で行くことにした。八高線というのは八王子から高崎まで、聞いたこともないような駅ばかり通って行くがら空きの線であるのから見るとどうも昔、軍事上の必要から作られたものではないかと思う。併しそれだけに、これものんびりした線で、これで行って児玉の駅で降りる所に何とも言えない味《あじわ》いがある。序でに、八王子までどうして行くか知らない人の為に書いて置くが、やはり岡田さんに教えられて、浅川《あさかわ》行きの国電が八王子を通ることを知って驚いた。浅川行きというのはいつも見ているので、八王子はそのもっとずっと先にあるのだと思っていた。前に鎌倉から行った時は、横須賀線から横浜線に乗り換えて八王子に着いたのだった。

八王子で八高線に乗り換える頃から、児玉行きの気分が始る。兎に角、乗客が少くて二等はないが、英国の汽車と同じことで三等で楽に行けるから、二等車など付ける必要はない。始発十一時三十分、終発が十五時二十二分で、日に四本しか出ていないのもこの線らしい。だから軍用でなければ全く鑑賞用で、その他に今日では、沿線の基地に住むアメリカの兵隊さんが利用している。

八高線の景色も変っていて、信越線で通る関東の平野は如何にも関東風に寂しいものであるが、この八高線はそのどこか裏を通っているようでもっと人間臭くて、早くから開けた昔の街道か何かがこの辺にあったのではないかと思う。そしてそんな積りで懐古的になっていると、急に洋風の住宅がやたらに現れて、どこの飛行場なのか、真黒に塗った四発の飛行機がずらりと並んでいたりする。乗客にしても、何を話しているのかちっとも解らないのがこの辺の方言で、よく解るのでどこの国の言葉だろうと思って考えて見ると、それが英語だったりする。

併しやはりのどかな、眠くなるような景色が主で、児玉まで八王子から二時間半以上も掛るから、今度は心得て菊正の罎《びん》詰めを一本と毛抜き鮨を一箱持って行った。八王子を十四時に出る汽車を選んだのである。前に行った時はお天気で、実際に眠くて嬉し涙が出そうな、きらきら光る小川の脇に萱葺《かやぶ》きの屋根ばかりの村があったりしたが、今度は曇っていて、それがどこだったか気が付かなかった。その代りに酒と毛抜き鮨があって、汽車の速度は八王子まで乗って来た国電の後では日本一にのろいものに感じられた。余りゆっくり進むので、コップを席の肘掛けに置いても、転げ落ちる心配がないのも有難かった。児玉に行こうと思う人には是非この八高線をお勧めする。上野から本庄まで信越線で行けば、準急ならば直ぐに降りなければならない。

児玉には宿屋が一つしかないが、これは田島旅館という、部屋が二、三十はある立派な旅館である。前の時は無理して日帰りしたので、こんな旅館があることは知らなかった。三階建てで、三階の眺めのいい部屋に通され、それで又、児玉という町の懐しさが戻って来た。百年はたっただろうと思われる銀杏の大木が目と鼻の所に聳え、見降す家並のどの屋根も上質の瓦で葺いてあるのは、つまり、昔の東京もこういう町だったのである。その向うに緑を拡げているのが鎮守の森だった。遠くから豆腐屋が昔通りの節で喇叭《らっぱ》を吹いて廻るのが聞えて来そうで、部屋で飲んでいるうちに喇叭の音は聞えて来たが、あの節だけはどこでも戦争中に忘れられてしまったらしい。

その眺めを前にした廊下と反対側の窓からは秩父山脈ではないかと思われるものが見えた。下を覗くと、家に挟まれた広い横丁で、誰も通らなかった。広い場所に人間が少くて、始めて文化と呼ぶに足るものが生れる。それはどうでもいいとして、こういう児玉のような町に来ると、やっと時計がカチカチ言うのが気にならなくなって、つまり、一人でゆっくり酒も飲める。思えば、漢詩などを読んでいると、ここにこそ文化の本質があるという感じがするものだが、洛陽の都に何十万、或は百何十万の人間が集っていたにしても、洛陽にはそれだけの広さがあり、支那はその何層倍も広かったということに対して、誰もが知らん顔をしているのは不思議である。

という風な優雅な考えに耽りながら、お風呂に入ってから宿屋の部屋で飲んだ。菊正の飲み残しがあったのでこれをお燗《かん》して貰い、それがなくなってから児玉で作っている千歳誉という酒を飲んだ。これは旨い酒である。例えば酒田の初孫や新潟の今代司《いまよつかさ》と同じく、これもこの地方の需要を満すだけで、余り沢山は作っていないようであるが、児玉に行ったらこの酒を頼むといい。尤も、この酒はその蔵元である児玉の町長さんの所に行って、特別に譲って貰って来たのだという宿屋のおかみさんの話だったから、いつでもあるとは限らないのかも知れない。どうしておかみさんがそんなことをしてくれたのか、この前に来た時の飲み助としての評判がまだ児玉の町で忘れられずにいたのだとすれば、酒はなるべく飲んで置くものである。

児玉という静かな町に、何故こんなに大きな旅館があるかということも、この辺で説明しなければならない。おかみさんの話では、この辺は軍人に作戦の演習をさせるのに非常に適した地形なので、終戦までは将校演習に多勢の人間が児玉に来てここに泊り、その時は廊下にまで蒲団を敷き並べたものだということだった。序でに児玉の歴史に就てもう少し書くと、ここは昔、武蔵七党か何かの一つだった児玉党の本拠だったので、城趾の濠が池になっている傍を、この前に来た時に通った。後には秩父銘仙の集散地としても相当なものだったらしくて、信越線が開通してからその商売を本庄辺りに奪われたのではないだろうか。併しそのお蔭で、今は我々でもそこの旅館の一番眺めがいい部屋で、文化は人口が少い所に限るなどと太平楽を並べることが出来る。

第一、児玉の町は静かでも、一向に寂びれているという感じはしない。この前来た時から映画館も増設されて三つになり、パチンコ屋も三軒あるということだった。郵便局の建築が洒落ていて近代的なのは、どこかの新聞に写真入りで出たそうである。それに、焼跡の拡張ではなしに、と言うのは、両側に落ち着いたたたずまいの家が並んでいて、道が広いのが気持がいい。並木などなくて雨模様の空の下を燕が飛んでいるのも、昔の東京を思い出させてくれる。これは併し、並木というものがいけないというのではなくて、町が焼けてぴかぴかの新しい建物ばかりが建ち、道の幅が倍も拡げられたりすれば、並木も必要になって来るし、道も鋪装されなければならなくなる。児玉という町は、何も鋪装道路や、並木や、ジャズをやっている純喫茶だけが例の、文化とか何とかいうものではないことに気付かせてくれる点で、或はそこにいる間だけでも、そういう見方が横行していることを忘れさせてくれる意味で、珍しく豊かなものを持った町である。併しこれも、東京から来た通りすがりの人間の勝手な見方かも知れない。

　児玉には何もないと言ったが、名所旧跡がどうしても欲しければ、この町には塙保己一《はなわほきいち》の生家があって、行けば色々な売物を見せてくれる。それから車で二十分ばかり行った所に金《かな》鑽《さな》神社があり、これは山が本殿になっている形式の、日本に三つしか残っていない神社の一つで、その境内は新緑でうっとりする位美しかった。神鹿が寄って来そうな別天地である。併しそれは児玉という町が別天地であるのとは意味が違う。最後に、東京からの往復の汽車賃を入れて、一泊して特級酒を一升ばかり飲んで三千円掛らなかったことを記して置く。

（「旅」一九五四年八月号）

道草

旅行をする時には、普通はどうでもいいようなことが大事であるらしい。或は、旅行をしなくてもそうなのかも知れないが、例えば、東京発午前十時何分かの汽車に乗るのに、十時少し前に東京駅に着いてゆっくり間に合うというだけでは、何か気がすまなくて、なるべくならばその又二十分前頃に行くことを心掛ける。別に、遅れてはと思うからではないので、その程度の時間があれば、改札口を通る前にあの乗車口の中を右の方へ行った所にある食堂に寄るのである。始終、御厄介になっているのに、その名前が頭に浮ばないのは申し訳ない気がするが、それ程、いつもあの右の方へ行った食堂ということが念頭にあるのだということで勘弁して戴きたい。確か、精養軒だったと思う。併し精養軒でなかった場合に、そう言っては却って悪い。

兎に角、食堂に入ってどうするという訳でもないので、第一、直ぐ入るのではない。食堂の入り口の右側に、色々な食べものや飲みものの見本を並べたガラス張りの棚があって、先ずここで何を頼もうかとあれこれ眺め廻す。決して山海の珍味が陳列してあるのではないが（そんなものは駅の食堂には不似合いである）、マカロニの上に肉の煮たのが掛けてある料理だとか、雞《とり》が入っているサラダだとか、見ている分には如何にも旨そうで、かと言ってそんなものをゆっくり食べている暇がないことは解っているから、結局は中に入って、生ビイルにハム・エッグスという風なことになる。これは、何も午前十時でなくても、夜中の十時でも、午後の三時でも、それで間に合う取り合せだから、無難である。そして注文したものが持って来られて、飲んで食べながら、これも、別にどうだというのではない。併し駅の食堂でそんなことをしているのだと思えば、ビイルも旨くなる。

全く、どうでもいいようなことであるが、これが長い旅に出掛けるのであればある程、汽車に乗る前にそういうことがしたい。その精養軒だか何だかは、駅の裏から入った場合で、八重洲口から行く時は、これこそ初めから名前さえも解っていなくて、その度毎に道に迷う、どこか二階の小さなビヤホオルを苦労して探して入る。これも店の感じがいいとか、悪いとかいうのではなくて、寧ろ小さな店が二階に他の店の間に挟っているのだから、風通しが悪くて暑苦しいが、汽車の発車を控えて、まだ一杯飲めると思ったりするのは、それ自体が旅の気分である。駅というのは妙なもので、時間が全く慌しくたって行く感じがするのみならず、事実、時間が他所とは違ったたち方をするのではないかと思われるのを、ビイルの一杯、又一杯で、食い止めるのではなくて、何と言うのか、味うのである。併しやはり、廻りの空気に急かされるのに負けて、汽車が出る所へ行っても、なかなか出ない。

勿論、汽車が動き出せば、もうそれでいいという訳ではない。その点、東京発の汽車の多くは、少し遠くへ行くのならば食堂車が付いているから、暇を潰すのに便利であるが、上野発の信越線、北陸線などのには食堂車が大概ないのは、牽引力の問題なのだといつだったか、そういう係の人から聞いた。つまり、山がある為に、汽車が食堂車まで引っ張って走るのは不経済だということになるらしい。併しそれならばそれで別な時間の潰しようがあって、例えば、上野から北へ行く線の駅はどこか東海道線のとは違っている。汽車が止る毎に降りて歩き廻って見ると解ることであるが、一つにはこれは、改札口の向うにある町の景色がそうなのかも知れない。駅前からいきなり大きなビルが並んでいるというような所は少くて、多くはそこに広場があり、小間物屋や小さな食べもの屋が店を出しているのが、何となく入って見たくなる。夜になると、明りが疎《まば》らなのが人懐っこくて、益々降りたくなる。

この頃はこういう駅の中で店を出している蕎麦屋がもりやかけだけでなくて、天麩羅《てんぷら》だとか何だとか、種ものを作るのが多くなった。天麩羅と言っても、もう出来ているのを積んで置いて、それを蕎麦の上に載せるのに過ぎないが、長岡駅にそういう小店が一軒あり、もっと先の新津駅にもあって、乗り換えの汽車が来るのを待っていたりしている時、よく一つ食べて見たいと思う。それをまだやったことがないのは、東京駅の食堂でまだマカロニに肉の煮たのを掛けたのを注文したことがないのと同じで、眺めているうちに、面倒臭くなって来るのである。併しかけに生玉子を入れたのは随分、方々で食べた。それから、これは東海道の駅に多いが、生ビイルをスタンドで飲んだこともある。そういう時には、いつ汽車が出るか解らないという気持も確かに刺戟になるようで、最後のビイルの一杯、或はかけ蕎麦をすませて、まだ汽車が出そうな気配もないと、残りの何秒間か、ただそこにそうしているのが楽める。

飲んだり、食べたりばかりしていることになるが、他に実際に何もないのだから仕方がない。売店で雑誌を買うなどというのは、買えば少しは読まなければならず、そんなものを読むのでは家にいるのと同じである。駅の壁に掛っている温泉場の広告を見て歩くのは、それよりも少し増しで、何故か普通の人間の倍位は大きく感じられる美人の顔がこっちを向いているのが、そこまで行って見たくさせる。大きな美人がいい訳ではないが、普通の人間の倍ならば、これも壮観であり、それ程大きくない美人もそこにはいるかも知れない。宿屋の写真が出ていれば、これも決って広大なものであって、そんな所に旅行案内などに書いてある一泊千何百円かで本当に泊れるのだろうかと思う。併し出来るのだと考えられる節もあって、それならばその広大な宿屋もこっちの手が届く所にあり、そういう所に一週間もいたら、こっちも結構ふやけてしまって、これは体にいいに違いない、という風な空想に耽る。

併し兎に角、旅行している時に本や雑誌を読むの程、愚の骨頂はない。読むというのは、そこにあることの方へ連れて行かれることで、新潟にいても、岡山にいても、北極のことが書いてあるのを読めば、自分がいる所が北極になる。又そうなる程度によく書いてあるものでなければ、読んでも仕方がなくて、自分が折角、岡山だかどこだかにいるのに、北極にいる積りになることはない。どうも、道草をして、旅に出ている気分になるには、飲んだり、食べたりに限るようである。駅の売店でかけ蕎麦を食べていても廻りの眺めは眼に入って、弁当売りの声を聞いているだけでも、自分が旅をしていることが感じられる。

汽車に戻ってからは、仕方がないから、隣の客の顔を盗み見していることにならない具合に、外の景色に眼をやってでもいる他ない。席で飲むという手もあって、勿論、飲むのであるが、それもしまいにはどことなく鹿爪らしくなって来て、つまらない。併しそのうちに汽車がどこか、自分が行く所へ着く。宿屋に着いたならば、寸暇を惜んでビイルを持って来てくれるように頼むことである。酒でもいいが、これはお燗をするのに時間が掛って、目的は、宿屋に着いてからはどうせ何かすることがあるのに、それをしないで飲むというその心にある。その要領で、しなくてもいいことをする機会が幾らでもあるから、旅は楽しい。

（「旅」一九六二年七月号）

金沢

旅行をする時は、気が付いて見たら汽車に乗っていたという風でありたいものである。今度旅行に出掛けたらどうしようとか、後何日すればどこに行けるとかいう期待や計画は止むを得ない程度だけにして置かないと、折角、旅行しているのにその気分を崩し、無駄な手間を取らせる。京都に行くならば清水寺、鎌倉ならば八幡様と、それが旅行の目的になっては、まだ見たことがない場所、或は前に見た時と変っていないかどうか解らない場所に、行ってから或は当てが外れるかも知れない望みを持ち過ぎることになって、大体、そういうことをしては先ず当てが外れると見ていい。日光でも、ナポリでも、それ程に結構なものではないのである。東京も、花の東京と呼ばれたことがあった。そしてその当時の、今から二十何年も前の東京でも、凡そ花の都と言えるようなものではなかった。それを無理にそういう所に思う努力をするのは旅行ではなくて観光に過ぎない。

寧ろ、行った先のことは着いてからに任せてこそ、旅行を楽む余地が生じる。実際、自分がいつも住んでいない場所には、何があるか解らないのである。石川県の金沢と言えば、その名所や名産が色々と頭に浮んで、確かにあの二つの川で三つに分れた静かな町はそういう名所や名産がなくても何度行っても飽きない（ということも、行って見て始めて解ることである）。その金沢にバアがあるのを発見した。バアなどというものはどこにでもあってどこのバアも大体、同じようなものだと思って先ず間違いないが、どこでも同じバアの構造や仕組みが東海道線の沿線にない為に、東京の様に劃一的な影響を受けず、金沢の町にしかない金沢の空気を作り出しているとすれば、これはただのバアではなくて、そこはそういうバアだった。この頃はどういう所でも、その店の名前が活字になると、直ぐに客がそこに押し掛けて行ってそこを荒らしてしまうからそのバアの名前も挙げないで置く。要するに、金沢に一軒のバアがあった。

そこに楽隊があって、こっちが注文する曲を何でもやってくれる。それが東京では（又、東京に似てしまった日本中の町では）流しの風琴弾きに頼んでも知らない曲でも何でもであって二十数年前の東京が花の都だとかいう曲も、このバアのことを書いていて思い出した。「ボレロ」でも、「巴里の屋根の下」でも、知らないというものがない。それで、昔懐しいということになりそうであるが、そこで「ボレロ」その他を聞いて飲んでいるうちに、その昔懐しいという言い方が多分に一人よがりなものであることに気が付いた。昔の東京は花の都と言える程のものではなかったが、静かな町ではあってバアでもその「ボレロ」か何かの音楽が流れて来るのを耳の半分で聞きながら落ち着いて飲んでいられた。「ボレロ」の曲でそれを思い出した時、そういう昔の静かな東京は確かに懐しい。併し静かであることが昔のものだと決めているのは東京を今のような修羅場にしてしまった連中でそれではロンドンとか、ニュウ・ヨオクとかいう現に今日、静かな町は、あれは昔なのだろうか。

兎に角、そういうお談義はどうでもいいが、金沢にそんなバアがあることを知って、金沢にいる間に二度も三度も行った。こういう所があるなと思って喜ぶことが出来るのも、旅のお蔭である。金沢は銘菓の「長生殿」に、兼六公園に、ごりの佃煮と決めて掛ってはならない。そういうことをするとバアを見逃す。又、ごりを本当にうまく料理する店を知らずに過すことになる。勿論、これは金沢だけのことではなくて、金沢にあったバアの話は、ただ一例を挙げたまでである。併しあすこにもう一度行って見たい。（初出未詳・一九六二年十二月）

金沢、又

中村栄俊《えいしゅん》氏御愛蔵の名器を陳列する中村記念館が出来るのは芽出たい。何年か前に御自宅に呼んで戴いて宋の官窯の鉢を見せて戴き、余りにも立派なものなので暫く酒の味を忘れたことがあった。併しそこがこういう名器というものの有難い所で、見ているうちに一層いい気持になり、酒が更に旨くなったのを覚えている。

酒の肴に名器を出して来て見せるというのは流石に金沢である。いつも音楽を聞いていて名曲というのは飲み食いしながらが一番楽めるのではないかと思うのであるが、陶器や絵などで名品と呼ばれるものもそうであって、精神が刺戟されるだけ腹も空くし、喉も乾いて来て、それでその場で飲んだり、食べたりするものが一層旨くなる。又それにも増して、自分がいい気持になっているということが美酒佳肴の味を受け入れ易くして、杯の上げ降しにも余裕が生じて来る。金沢の旧家で御馳走になっているとそれを感じて、例えば、九谷焼きの瀬戸物などというのはその為に作られたのではないかも知れないが、九谷の杯で飲めば釉薬《ゆうやく》の色が酒の色を引き立て、酒は金色に、或は琥珀色に変って、目が楽まされるのが酔いにも一種の遊びの心地を加える。このやり方による御馳走の最たるものはこつ酒だろうか。古九谷の見事な大皿に鯛が反り返り、それを浸す酒がこつ酒にしかない光沢を帯びる時、何か海を飲む思いをする。金沢は謡が発達しているそうである。それも解る感じがするので、朱塗りの壁に金屛風を置いてこういうものを飲んでいれば謡《うたい》の一つも謡いたくなって不思議ではない。それも、その艶な空気から言って「鞍馬」のようなものよりも、「卒塔婆小町」の、

酔をすすむるさかずきは、寒月袖にしずかなり。……

という風な一節だろうか。

これも何年か前に、一緒に金沢に来た観世《かんぜ》栄夫《ひでお》氏がお座敷で背広を着たまま「景清《かげきよ》」を舞ったことがあった。そういう恰好であれだけの感じを出して舞えるのは見事と言う他なかったが、あれ程の芸であるならば、金沢で飲んでいる気分を更に忠実に現して「熊野《ゆや》」とか「松風」とかをやって戴きたかった。そう言えば、能面でも殊に女の面はいつも何か月光を

浴びているように思われて金沢で電気が点いている部屋で飲んでいてもどこかに月光が差している気がするのも金沢の酒というものの一徳かも知れない。「史記」の鴻門の会で樊噲《はんかい》が肉の塊を楯に受けて剣で切って食べるのと正反対のものでこれは金沢には豪壮なものがないということであるよりは豪壮なものもよくその周囲と調和して目立たないということでなければならず、それで例えばこつ酒は豪壮でありながら我々にはそこに寧ろただ豊かなものを感じて、金沢はいい所だなと思う。

九谷というものが金沢の町を或は一番適切に表しているのかも知れない。その昔、東京で何か色がごてごてした瀬戸物が沢山あって、それが九谷焼きだと教えられた為に、長い間、九谷というのはそういうものなのだと思っていた。併し色を少ししか使うのでなければいいものは出来ないということはない筈であって、これを人間の生活に喩えるならば、凡て控え目にしてただ度を越えないことにばかり気を遣っているような生活は寂しくて窮屈でやり切れない。初めから材料がないならば仕方がないが、色も、食べるものも、飲むものも、又その他にあれこれとすることが幾らでもあるならば、それを自由に取り入れて生きて行きながら、別にそれで自分を見失わないでいるのが本当であり、九谷の、殊更に色を限定するとか、或る一つの型を狙うとかいうことをしないで美しい肌を作り出すやり方にはそれがあるのではないかという気がする。これは金沢の町というものがあって、それで九谷が出来たのだろうか。その二つとも、或る同じ一つのものから出ているのだろうか。

併し又、金沢は宋の官窯の鉢があって可笑しくない町でもある。或は寧ろ、それだからこそ九谷のようなものが出来るので、中村氏のお宅で御馳走になった時、この鉢の他に古九谷も幾つか出された。宋の鉢を用いることを知って、美酒に酔い、謡曲で夢心地に誘われ、ごりのような魚がすむ川に臨む町にいれば、そこの瀬戸物は固苦しくはならない筈であり、又そこには桃山時代の豪華とは別な或る冷たさも加わることになる。この冷たさを涼しさと言い換えてもいいので、金沢の人達からは恐しく頑固だということとともに、それと少しも矛盾せずに融通無礙の印象を受ける。先ず生活の達人の町なのかも知れなくて、それならば、九谷はそういう人達がその毎日の生活で使うのに似合った瀬戸物だと言っても、お世辞に取られる心配はないと思う。

（初出未詳・一九六六年四月）

金沢、又々

何故か石川県の金沢に毎年行く廻り合せになっていつもそれが二月のことで、これが一年のうちで期待出来る楽みの一つである。そのことを書く気になったのももう十何年か続けて行っていながら金沢の長暖簾《ながのれん》というものがあることを知らなくて、それを雑誌の写真で見て目が覚める思いをしたからである。併しそれに就ての記事に、「金沢にいったのは梅雨のときで犀川《さいがわ》の水があふれるように白く、早く流れ、香林坊《こうりんぼう》は雨にけぶり、夜はぬれて光っていました、」とあったのにはもっと打たれた。そう言えばこの頃は二月であるが最初に行ったのは丁度その梅雨の頃で金沢という町は雨がよく似合う。世界中どこの町も雨が降っていると大概は綺麗に見えるものであっても金沢の雨は格別でそれが昼間でも夜でも雨であれば金沢に来て今そこにいると思う。その感じに就てそこには時間が流れていると言っても説明にならないだろうか。

併し長暖簾というものを知らなかったのや古九谷に本式に心を奪われたことがないのはそのことで説明出来る。余りに静かに凡てのものがそこにあって息づいているのが刻々に心に伝わって来ればその上に更に眼を楽ませようとは思わないものである。併しそれでも金沢ならばふと眼に留った手許の小皿が逸品だったりすることが少しも珍しくない。これは自分でも珍しく思わないということで寧ろこの頃の安価な合成樹脂の器などを金沢で見たら変な気がするだろうと思う。金沢にいると本ものと贅沢の違い、或は本当の贅沢が金の問題ではないことが言わばその肌合いで解って来る。犀川と浅野川と二つの川が町の中を流れているというような恵まれた町、贅沢な町があるだろうか。そしてその贅沢は生命が貴重なものであり、得難く思われるのと同じでそのまま平凡に繫る。まだ今日の日本でも本ものの時代が過ぎてはいない筈である。

（「暮しの手帖」一九七〇年十二月号）

東京の町

昔はよかったという言い方が曲《くせ》ものなのである。どのような時代にもどこかいい所がある筈でそれが時代が変ってなくなればそのよさだけを取り上げてそれがあった時代はよかったと一応は言える。併し一つの時代とともになくなるのはそのよさだけでなくてただそれがあったというだけで昔を懐しがるのは多くの場合当を得ていない。尤もこれは後の時代にもその長所と認められるものが大概はあるからで今の東京と昔の東京というようにその優劣が余りにも明かである時は昔の東京はよかったというのが必ずしも懐古の情からだけで言っていることではないとも考えられる。昔の東京の方が文明の町で今日の東京よりも遥かによかったのは間違いないことであろう。併しもう一つこの昔はよかったという見方にはそれと比べて現在は駄目だという一種の無差別の否定が含まれていてもしそれに従って今日の東京を駄目な町と認めるならば東京の人間は駄目な町に今日住んでいることになる。

それ程今日の東京がどうにもならない町かということを考えるのはそこに住むものにとって無駄なことではない筈である。もともとがこの町はそう古くからあるものではない。その歴史を太田《おおた》道灌《どうかん》の時代から勘定しても京都の千年、ロンドンやパリの二千年と比べるならば問題にならなくて江戸が町らしい町になり始めたのは更に降って西暦十六世紀中の家康による開府以来のことであってその計算では東京はまだ五百年に満たない歴史の町である。そして町もその伝統の長さで町らしくなるのでこれは新築の家がそこに住み着いた人間とともに家らしくなって行くことでも解る。又その点でも東京は必ずしも仕合せな町だったとは言えなくて江戸幕府が三百年足らず続いてから明治維新の変動に見舞われてそれから六十年とたたないうちに関東の大震災があり、その次が第二次世界大戦で東京の殆どが焼けた。又この戦災は東京の住民の全面的な交替、入れ替えが行われたということでもある。

寧ろ東京のどこかに東京のものと呼べる性格が残ったのが不思議であるとさえ言える。又そのことから一つの極端に走って東京をいつの間にか今のようなものになった東京という名前の新しい町と見た上で凡てはこれからのことに掛っているとすることも出来ないことはない。そしてそれでこの町のことが始めて少しは解って来るので四、五百年の伝統しかなくてもこれを勘定に入れずにここに一つの新しい町があると思う時に我々は障礙にぶつかる。それは一つには東京の歴史がそのように短いものでもその発端がそこに幕府が置かれたことにあり、次にはそれが日本政府の所在地になったということもあるに違いないが兎に角今日の東京がどれだけ新型の建物や道路で蔽《おお》われていてもその新しさと反対のもの、もっと地道なものが東京での生活の背景をなしているのが感じられる。これはこの頃見掛ける種類のどこに住んでも別にその場所に住んでいるとも思わずにいられる人間に就て言っているのではない。そのようなのは今日の世界中どこにでもいて気軽に人間の歴史を見放して生きては又消えて行く。

併し生活の基礎とか背景とかを求めるには先ず自分がいる場所を見定めることから始めなければならなくて今日の東京でも東京に住んで確実に手ごたえがあるものを日々の暮しのうちで探すならばそれは例えば新築のホテルの入り口になくて兎に角何十年か我々が親んで来たバスの座席にある。或はそのバスから眺められる沿道の景色で再びそれがどれだけ新式の建物で埋められていても一つだけどのような修正も加えることが出来ないのが東京の空、又そこから差す光線である。今日では所謂、公害がというのもここでは意味をなさなくて公害は除かなければならないがそういうものが現れる前から東京の空は今日と同様にどこか濁ったというのが必ずしも当て嵌らなければ淡くて晴れ渡らない色をしていて光線も烈しさを欠き、その空と光線を受けた東京の町は建物の新旧は問わず東京の町であることを我々に教える。それに就ては例えば神戸、或は一般に近畿地方に差す強烈な光線とその上に拡る青空を思い浮べてもいい。そしてその東京の空や光線は東京に住む人間が何百年も馴染んで来たものでそれがこの町の形成に、従ってその歴史に影響を及ぼさなかったと考えることは許されない。それが東京の人間の習俗や行事にも作用しないではいなかったことを考えるべきである。

そういう普通は解り切ったことのように思われて取り上げられないことが実際には一国の、或は一つの町の性格を作って行く。例えば東京の木の緑が冴えないのはこれも公害と切り離して考えられることで東京の風土では緑が目に染みると言ったことが曾てなかった。東京では凡てがどこかくすんでいる。又それが東京での生活にも影響を及ぼして関西でのような本式に華やいだものは東京では見られない。又それは北国の鈍重とも違っていて東京で我々に訴えるのは洗練されていると同時に目立たず、そのまま通り過ぎ掛けて足を止めると言った色や趣向や応対である。それが食べものならばこはだと穴子の握り鮨だろうか。併しこういうのは好みということで片付けられることでただ東京の風土とそれに培われて来た東京の生活だけが時代というようなことで動かせるものでない。その生活が再び東京での形を取り戻そうとしている最中であるならば生活の代りに人情と言ってもいい。それはこの空の下で人間の心が示す動きである。

東京の町の伝統はそれが何百年かに過ぎないものでも既に出来ていてこれが東京の風土とともに働く時にそこに住むものは他所から来たものであってもやがては東京の人間になる。我々は外国の土地に興味を持ったりするよりも寧ろこの東京の風土や伝統に眼を向けるべきである。或は少くとももし我々が東京に住んでいるならばであって更に手近な所で東京の町、又従ってそこでの生活は秋になっての虫の鳴き方にも認められる筈である。東京の虫は東京の鳴き方をする。又空と光線に就ては既に言った。更に終戦とともに東京の住民の交替があったのでもまだ東京に住み馴れて今日に至っている人間は幾らもいてそういう人間といればそれがこの東京の空、或は東京の四季の行事、要するに東京というものの印象と一つになっているのが感じられる。又それが所謂、江戸っ子である必要もなくて江戸が東京になってから優に三代に互って人間が東京に住み着くだけの年月がたっている。それが江戸でも江戸にいるのが三代続けば三代目は江戸っ子になった。

同じ場所に同じ人間の集団が暮すのが続けばそこが次第にその場所の性格を帯びて来る。ただそれだけのことなので従ってこれは或る町が目立ってその町らしいというようなこと、例えばパリが花のパリでロンドンは霧と言ったことと縁がない。又このことは実際にパリに行って花の幻が消え去り、ロンドンに霧が見られないこと、そしてそれでもパリにはパリの性格、ロンドンにはロンドンのがあることが解ることで一層明かにされる。東京も同じことでどこか田舎の山奥では東京が妙にきらきらした町と考えられているのかも知れないが、もしそのようにきらきらしたものが東京に認められるならば丁度その部分が東京ではないのである。或はその点では東京がパリやロンドンよりも損をしているとも考えられて少くとも日本では東京に就て東京でもどこでもないことばかりが並べられてそれがこの町だという印象を与えている。それは現に東京に来ている人間の場合でもそうでその好みに合うように東京と別に関係がないものが東京の方々に出来ている。

併しそれで東京が何れ東京という一つの町として存在しなくなるかどうかということで我々は再び伝統の問題に戻って来る。その伝統というのが凡そ地味に、隠微に、そして動かし難く働くものであることも無視してならないことの一つである。例えば東京の中でも浅草は戦災で全焼して観音様を含めて浅草にそれまであった建物は一つも残っていない。併し今その戦後の建物が並ぶ浅草を歩いていて昔は目印だったものが何もなくてもそこはやはり浅草であってバスの停留場に書いてある地名を見なくてもそのことは解る。これは浅草の町の歴史と伝統が火事で焼けるようなものでなくてそこに新たに移って来たものもそのことを感じないでいられない為に違いない。そしてこのことに東京全体の将来も掛っている。或はそのように不安げな言い方をしなくても浅草でと同じものが浅草に限らず現に働いていることは確かであって麴町《こうじまち》が住宅地から事務所の町に変ってもやはり麴町の感じがする。

東京に住んでいて面倒な言い方をすればそこに自分の生活を築くには、そしてそれは要するに自分がいる所に馴染むにはそういう町の何でもない佇いとか空の色とかの目立たないことに親むことが何よりも必要である。併しそう書いて気が付くのはこれが東京に限らずどこでも自分が住んでいる場所でしなければならないことなのだということで東京に就てそのようなことが言いたくなるのはそれ程この東京という町に就て殊に戦後になって凡そ色々と東京を偽ることが並べられて来た為に違いない。それに迷わされることはない筈なのであるが余り実際とは違ったことを聞かされていればその方を実際と思う危険も多分にあることになる。それを言わば掻き分けて自分の感覚に直接に訴えることだけを土台に東京というものを考えるならば、又そうしてこの町を見るならば人間が人間の生活をして可笑しくない一つの町の姿がそこに浮び上る。これは東京に就て書く場合も同じである。

（「青春と読書」一九七四年十月号）

我が町

この頃になって自分が住んでいる場所というものが自分の生活でどれだけ大きな部分を占めているかということに漸く気が付くようになった。

どこにいてもそうだろうが、東京でもそれが自分が住んでいる町の様子ということになって、これが単に自分の住居がある町ということではなくなって来るのに或る程度の年数が必要であることは言うまでもない。又それは理想的な環境などというものとは関係がないことで、その方は都市計画の人達に任せ、ここで書きたいのは、理想とはどれ程掛け離れたものであっても、自分が長年いる場所が自分の生活に入り込んで来て、それと結び付き、文字通りにその背景をなすに至る具合に就てである。

家から少し行くと表通りがある。前は、黄バスという名でその当時は呼ばれていたバスの道筋になっていたせいか、電車の停留場まで降りて行く静かな通りで、戦争中でも、後に屋敷町を控えた古い店が並んでいる感じが平和だった頃の東京を思い出させたものだった。

　それが空襲で殆ど焼けて、疎開先からどうにか戻って来られた時にはもう焼け跡に建った仮小屋がもっと本式の、今日ではどこでも見られるような建築に既に変り始めていた。それがこっちの間違いのもとで、もうこうなれば昔の感じなどどこにもないと思い、もっといい場所があったら移りたい気持で新しい建物も時間がたてば古くなることは考えないでいた。

　それから更に十年たった今日では、その頃は出来立てだった建物も眺めの一部、つまり、歩いている時の目印になり、遠くに中華料理店の赤と黄の、夜は中に電気が付く看板が見えて来ればその先が本屋で、それから少し行って横丁の角を一つ越した所に交番があることが解る。

　交番の先がこっちは余り用がない喫茶店、通りを渡ってその向いに買いものによく行く荒物屋がある。

　昔は、銀座の表通りを尾張町から新橋まで行って、その両側にどんな店がどういう順序で並んでいるか言えたものだったが、この頃はその表通りを歩くことが殆どないので解っているのは三愛《さんあい》のぐるぐる廻っている感じの店位なものである。

　併し家の前の表通りに並んでいる店は先ず間違いなくその順序で両側とも挙げることが出

来て、それだけその辺を毎日行き来していることになる。その店をやっている人達も知っている。

新しい場所に越して来た時には店の人間と通行人の区別も付かなくて、何となく頼りない感じがするものであるが、そこに住み着いて菓子屋の主人とも、酒屋の主人とも挨拶出来るようになるのは英国でどこかのクラブに入って段々とそこの会員と顔馴染みになる時の気分に似ている。

この表通りにそういうクラブのようなものはないが、町の生活と呼んでいいものが確かにあることもこの頃になって解った。毎年、夏になると、余りの暑さに朝からもう家でじっとしている気がしなくなり、朝飯も食べずにその辺をぶらつきたくなっていたのが、つい最近、そういう人間に誂《あつら》え向きの朝早くから開店している喫茶店を見付けた。

これは交番の先の、こっちが行くのに少し遠過ぎる方の店ではなくて、家の前から表通りに出て直ぐの所にある。この店で、コオヒイとサンドイッチを頼めば、それで朝飯になり、ここに通っているうちに、そんなに早く来る客がこの店では少しも珍しくないことを発見した。

どうかすると、店を開けたばかりで、そのうちに他の客がそこここの椅子に納ってその時間からもう商談をやっているものもあれば、ただ寄って新聞を読みに来た町の若い衆らしいのもいる。

パリのカフェというのが丁度そういう具合に町の生活が営まれる場所になっている。勿論、東京の夏の暑さでパリのカフェのように店の外の鋪道にまで卓子や椅子を置いて町の景色を眺めるのに便利になっているという風には行かない代りにこの店は夏は冷房が利いていて今流行の新式の室内装飾も馴れてしまえば目障りにならないし、ここで煙草を吸っているうちに家に戻って仕事を始める元気が出て来る。

これを書いているのは冬でこっちが好きな季節だから朝から飛び出したくもならないが、冬行けば店の中は温くなっていて寒いのが嫌いな人達に喜ばれているに違いない。

夏だけなどという薄情な行き方をしない町の人達の間では落ち合って話をするのにこの店がよく使われることも想像出来て、同じような風にパリ人は、それじゃ、明日の三時にカフェ・デュ・ドオムでという種類の約束をする。ロンドン人ならば、あの角を曲った所の飲み屋で、ということになるだろうか。

この町に日本で言う意味でのカフェやバアがないのは繁華街ではないからだろうと思う。併し飲み屋ならばあって、その他に中華料理屋、蕎麦屋、鮨屋、鰻屋と一通り揃っている。

そういう所に入って行ってラアメンでも、散らし鮨でも何人前早い所頼むというようなことを、どこの何番地の誰とも言わずに聞いて貰えるのも土地のものという感じ、それは結局は、自分の住居の廻りにまだ自分がいる場所が続いているという感じを強くする。

考えて見ると、それが故郷というものではないだろうか。自分がい着いた場所が故郷であって、そこが都会であっても、その故郷を通して我々は季節感というものや、従って又、自然そのものに繋ることになり、それで始めて冬の夜寒は冬の夜寒なのである。

そろそろこの町でも葦簾《よしず》張りの小屋掛けで正月の飾りを売り出す時期になる。

（「朝日新聞」一九六四年十二月二十七日）

昼間の火事

先日行き付けの神田のビヤホオルで飲んでいる時にそこが火事になった。大概は昼間行く店でその火事も昼間のことだったから目抜きの通りにある店でもあって結構人を集めたようだった。どこの何という店と書くことはない。この頃はどういう風の吹き廻しなのか活字になったことが無差別に鵜呑みにされるのを通り越して馬鹿の一つ覚え式に、或は固定観念も同様の形で真に受けられて昼間に火事があったビヤホオルということが印刷されただけでそこが一度は行って見なければならない名所になる。殊にその他にもそこの店に就て何かいいことが書いてあればでこれからそれを書くのだから長年お世話になってこれからもお世話になる積りの店にその名を挙げて来ることはない客を来させて御迷惑を掛ける考えはない。神田の目抜きの通りにあるビヤホオルは何軒かある筈でそのうちの一軒と思って貰うことですむ筈である。

そこでいつものように昼過ぎに飲んでいると店の近所の屋根から黒煙が上っているというやはりどこか近所の店の人からの注進があった。まだ他にも客がいてどこかで黒煙が上っているという程度のことではまだ何がどうしたのか解らないので飲んでいるうちに消防が来て日本の、或は東京の消防の来方が早いのには瞬く間にという感じがするものがある。併しそれでもまだ火元がどの辺なのか見当が付かなくて飲み続けていると店は連れの友達と二人切りになり、そのうちに天井から消防車のポンプの水が落ち始めたので火が店まで来たか来ようとしていることを知った。そこを出ると店の屋根が昼間でも赤く見える炎を吹いていて煙は黒くてその黒と赤の対照が目を惹いた。初めは店の隣の隣から火が出たと思っていたのが火元は隣の店だったのである。それならば消防の来方が幾ら早くても飲んでいるうちに消し止めてくれる積りでいたのは当を得ていなかった。併し結局は三階建ての店の二階と三階が焼けただけで我々に馴染みの店の一階は残った。

後で知ったのであるがその建物は明治四十二年に出来たものでそれでその店の感じがそういうその店の感じである理由が解った。又それを思えばこれから店の前に観光バスが止るようになることもなさそうでこの店は京都の竜安寺程は古くもなければ新宿辺りにこの頃建つ何だか解らないものの新しさもない。今から七十三年前に出来た店がそのままの形で同じ商売をして七十三年たつとただその店というものがそこにあるだけのことになって要するに気に障るものがないから人目を惹くこともない。それだから又そこに来たという感じで入って行ける代りにその途端にそこに芸術があったり最新式の狂気、或は騒音、或は雑沓があったりする訳でないからそれを求めて観光バスに乗るものは失望するに決っている。併しこの店の天井から少し下の所に半円形の色ガラスの窓が三つ嵌めてあるのは前から由緒ありげに見えた。それが明治末期のものならば本ものである。もうこの頃の技術では出せないと思える藍と黄色のガラスでこれは今度の火事でも焼けなかった。

この店の生ビイルは旨い。又それが生ビイルであるので助かるのでこういうものに就て幾ら通を振り廻した所で限度があり、その為かどうかビイル通ということを余り聞かない。丁度この店が出来た明治四十二年前後に日本でもビイルが作られ始めたのだそうで恐らくこの店で現に採用されている生ビイルの注ぎ方も当時のをそのまま踏襲しているものと思われる。どうするのかは見ていてもよく解らないが一杯注ぐのにひどくこぼすことは確実であってそれでどういうことになるのであっても注がれて運ばれて来る生ビイルはこの店にしかない味がする。尤もこれは気のせいかも知れない。一体に味だけで一軒の店に度々行くというのは食通や酒通がすることで落ち着ける店があってそこで時間を過していればそこで飲むものも旨くなる筈である。この火事に今度なった店では随分の時間を過していて再開する為の工事も進んでいるようであるからこれからも過す積りでいる。こういう自分の家にいるような感じがする店、或は一体に他所の場所というものはそう沢山ない。

これには一つには神田の通りというものがあることも事実である。又これに就ては幾ら書いても観光バスがやって来る心配はないようで一誠堂、東陽堂の他一軒か二軒を除いて通りのその方にあった古本屋が殆ど焼けてしまった今日の神田がやはり神田の古本屋の通りであるのはそれでも抜き難く残っている町の佇いでそのようなものに観光バスの客は用がない。併しそこが神田であることを知らせるその佇いはあってこれはもとからの人達がそこに今日でも住んでいる為と思われるが兎に角明治の色ガラスの窓から洩れる光がその神田の通りにも差しているのを見ているとまだ昼間でそこで飲んでいる以上何も急ぐことはないという気がして来る。前にどういう話でだったかそこの店で人物がぼんやりしている所を書いていてそこがどこだか解らないように実際の地理を滅茶苦茶にするのに苦労したのを覚えている。こういう店は戯作者輩の手に掛って汚されたりすることはない筈である。

どうもこの頃の我が国での一般のやり方では常住の気組みで何かすることが全く無視されている感じがする。それで観光バスというものも出来るのでこれに乗ってはいつも違った場所に行くのであって店は開店したから入って見るもの、それならば住居も始終その内部を変えて引っ越した積りでいなければならないのだろうか。併しそれで又それだけ安心するのは神田の古本屋の通りもそこにあってこの間火事になった店もそういうことと縁がないから余計な人だかりがしないことでいつもその店が一杯になるのは常連がそこで昼の食事をしに来るその時間だけである。併し少し早目に行けば卓子がまだ空いていて他の常連に負けずに飲んでいれば店が又透いて来るまでいても店に損は掛けないだろうと計算している。又従ってこれは毎日のことでなくて毎日そのようなことをしていればこっちの商売が上ったりになる。併し又それだけに何日目か毎にそこに入って行くとその店に来た感じになる。

世界中にこういうのがこの店一軒しかない訳ではない。併し外国の飲み屋でそこの常連になった経緯は偶然によるものであってその隣にも又その隣にも同じような店、飲み屋でなくても要するに同じ昔からあったという感じがする店が並んで一つの町が出来ているのに対して東京ではそういうのを探して歩かなければならないのはどこか納得が行かないものがある。戦後になって東京が突然に田舎ものの町になったことは認めなければならないかも知れない。併し曾て明治維新の時にも江戸という名称が東京に変ってこれが田舎ものの町になったことがあってその田舎ものは割り合いに短い期間に東京の人間になった。そしてこの前の戦争が終って既に三十年たっていて東京がまだ田舎ものの町、お上りさんが団地に住んでいる町であるのは何故なのか。それに就ての社会学的、経済学的、その他何学的な説明にも増して明治維新という大変動の衝撃をまともに受けた東京の町の疲れが漸く表に出始めているのだということが考えられる。

そういう時には色々と奇妙な現象が見られる。そのことを頭に置いて眺めるならば田舎もの、お上りさんの集団と受け取れるものも実は表面のことと考え直すことも出来てその下から何がやがては現れるかという期待も生じる。その神田の店に来ている客にそうした泥臭いのは見当らなくてそれが年寄りばかりである訳でもないからである。寧ろこの店の客には若い人間が多い。それで気が付くのは昭和十年代に生れたものも今は三十歳を越えている筈だということで終戦の頃辺りに生れた年代のものが食べるものも陸《ろく》になくて一番ひどい目に会っていることから最も箸にも棒にもの手合いなのかも知れない。それにそれから二十年ばかりの間殊に公立の学校ではどんなことが教えられていたことか。勿論そうした教育とか生活の条件とかいうことが自分が陸でなしの人間であることの口実にはならない。併しそういう条件が悪ければそれに影響され易い人間が多いことも事実である。

昼間ビヤホオルが一軒焼けたことから天下国家のことになった。併しこれも生ビイルを飲みながら考えるのにそれ程不向きなことではなくてその為にビイルがまずくなることはない。その神田の店が焼けた時に友達とどんな話をしていたか覚えていないが外はもう非常線が張られてそれをどうにか通り抜けると友達が話の続きをしにその近くの横丁にある鮨屋さんに連れて行ってくれた。そこで出された蛍烏賊《ほたるいか》が旨かったのを覚えている。実際そういう時にする話というのは後になって思い出せないものでその日はベルグソンだったか焼き鳥に普通使われる材料のことだったか既に灰になったも同然である。併しそれで天下国家のことも気持よく論じられるので君子の交りが水のようなものでなければならないのならば友達との付き合いは生ビイルの泡に似るべきだとも言える。併しその火事になった店に行かなくなってからその店で出す程の生ビイルを飲んだことがないのは確かであるという気がする。

幸に前に書いたように再開の工事が進んでいて工事場の前を通る毎にそのことが眼に見えて解る。又そこの戸を押して入る日も遠くはない筈である。又天下国家のことに話を持って行くならばこれは日本の縮図ではないだろうか。曾て我が国は世界随一の文明国だった。それが外国の野蛮人と付き合ってその戦火に焼かれまでして又立ち直って来ている。

（「波」一九七五年六月号）

ピアノ

ヴェルレエヌの詩に、と書くと、もう話がどこか湿っぽくなって来るのは、これはヴェルレエヌのせいではなくて、この詩人が日本で受けた扱いがそういう性質のものだったことを示すものに過ぎない。ヴェルレエヌがマリア様に縋ったからという理由で、白樺だの、夢二《ゆめじ》の絵だのと一緒にしたのでは、この飲んだくれで好色漢の詩人の作品を読んだことにはならないので、マリア様や海よりも美しい伽藍《がらん》は、日本で北海道の白樺の額縁に入れた絵になる前から、別な形でヨオロッパにあった。ヴェルレエヌが信心していたのはそっちの方のマリア様で、と話が益々横道に逸れて行くが、要するに、ここでは無駄な先入観なしに、ただヴェルレエヌの詩が引き合いに出したいだけなのである。

その詩に、晩、どこかの家の芝生で、その家で弾いているピアノの音が聞えて来る、というのがある。そう言えば、中原中也の「春の夜」と題する詩にも、「かびろき胸のピアノ鳴り」という一節があったように思う。それだけのことなのだから、初めからピアノの話をすればよさそうなものであるが、そうも行かなくてヴェルレエヌを持って来たのは、そういうピアノがこの頃のピアノというものと余りにも違った世界に属していることに気が付いた為である。この頃のピアノはかびろき胸に鳴ったりなどしないし、又、芝生の向うに開いている家の窓から聞えて来ることもない。そしてそれは、そんなに広い芝生があったりする家が少くなったからではないので、大広間の、昔ならばシャンデリヤと呼んだものをもっと近代的とかいう様式に変えた照明の下で弾くピアノも、恐らく演奏会を開く為の練習であって、そうでなくても、我々はそれを芸術だと思って聞かなければならない。

話を早く進め過ぎないように、ここでもう一つ詩を引用すると、ラフォルグの初期のものに、春になって、始めて外套なしで出掛けた晩に、街の裕福な家が多い部分を歩いているとピアノが聞えて来るというのがある。その前後の言葉から察して、これは方々でピアノの練習をしているのであるが、同時にそれは明らかに演奏会をやる為ではなくて、ピアノの先生に言い付けられて弾いているのであり、その退屈な気分が漸く温くなった春の夜の散歩に対して伴奏の役を勤めている。つまり、ピアノというのは我々にとっては、例えば小説や油絵、又その背後にある文学とか、芸術とかの観念とともに外国から来たものであっても、それに馴れてしまった後は、三味線や琴と違わなくなったことが、この詩に対する共感から納得される。ピアノは三味線や琴ではないかも知れないが、それならば三味線は琴ではないのであって、何れも我々に馴染みの楽器であり、その練習を聞いていると退屈な気分になる点でも変りはない。少くとも、曾ては日本にもそういう時代があった。

文学には言語上の障碍があって、今日に至るまで他のものと比べてどこかうわついている という気がしてならない。併し絵は眼で見るもの、音楽は耳で聞くものという意味で、住んだり、仕事場に使ったりすれば、いや応なしによし悪しがはっきりする建築と同様に、西洋的なものが割合に早く我々日本人の生活に吸収された。明治時代の西洋建築がそれを示していて、あの天井が高いにも拘らず、窓が小さくてどこか暗い部屋でピアノを弾けば、そうした暮しは板に付き、その音が外まで洩《も》れて来れば退屈に聞えるに違いない。そして中庭を距《へだ》てた日本間で誰かが三味線を弾くのが聞えても、その二つは単調に同じ一つのものを語ったことが想像される。というのも、当時よくあったそういう和洋折衷の家の洋間から日本間に行き、又洋間に戻って来ても、洋の東西の違いなどというものは一向に感じないからである。同じ人間が、その両方に住んでいたことがそれで解る。

或は、もしそのピアノの音が三味線のとは別な意味で派手だったならば、それは舞踊会とか、公園の腰掛けとかいう、芸術の世界などと呼ばれるものとは違った、もっと俗っぽいものに繋る形でだったので、それはそれだけその時代が幼稚だったからではない。寧ろその逆であって、ピアノはそうして三味線に劣らずそれを弾くものにとっても、又聞くものにも、その生活と一つになっていたのであり、それがなければ、芸術の世界もない。というのは、それでピアノが芸術だったというのではなくて、そういう生活があり、ピアノの先生が来るからというので練習する女の子がいて、その音が街を歩いているものの耳に単調に響いたりするから、仮にどこかに本気でピアノをやり、又その才能もあるものがいれば、その人間はその生活の中でピアノの世界を作ることが出来て、それが芸術である。又そういう人間がいなくても、それ以外にその種類の人間が仕事をする場所はないのである。

日本にも確かにそういう時代があった。それは世界の情勢に応じて西洋のものを取り入れる仕事が一通り終り、まだそれでも前からの生活の枠が残っていて、日本人がその中で自分達がして来たことを振り返る余裕があった頃のことだろうか。そうした一つの枠を残す程度に、その辺までは日本でも、日本人の生活というものがあったことは、今日でも我々が例えば三味線を芸術と結び付けて考えはしないことで解る。三味線というのは、そういう楽器であって、誰でも弾き、その向うにその道の人間が入って行く芸術、或は芸の世界がある。或は、その芸術という言葉が曲者なのかも知れないので、ピアノよりも芸術が先になった時に、ピアノの音は単調だったり、夕方の散歩の伴奏になったりしなくなって、聞いていても息苦しい感じがし出した。ピアノには上手、下手の違いがあるだけであるが、芸術という摑まえどころがない観念がそこへ入って来ると、それをどう取っていいのか解らない当惑がピアノを退屈に思う心のゆとりを持ち難くさせたからである。

暫く日本のことを離れて、西洋ではピアノが三味線なのである。それは部屋の片隅に置いてあって、子供の時から見馴れたものであり、偶にどこかでその妙技を示される機会があれば、それまでに何度もそれと同じ楽器の音を聞かされた経験が、今聞いているのが妙技であることを保証してくれる。つまり、その時、頭に浮ぶ考えは、それが芸術であるということよりは、このピアノはいいとか、長い間、こんな気持を忘れていたとかいうことであって、言わばそれは、毎日の延長の上で冴えたピアノの音が響いているのであり、それまでの自分、又、その場所から出た後の自分と縁を切って芸術にかじり付くということはない。そんな芸術というものは実在しなくて、もし何か芸術と呼べるものがあるならば、自分の耳に現に響いているピアノの音がそれなのであり、従ってそれはピアノであって、芸術と考えるだけ余計である。それ故に又、その音を聞いている時の印象は感動であるよりは、快感と言った方が正確に思える。

その先で、感動することもあるかも知れない。併しそれは快感とか、自分がそこでピアノを聞いていると思うこととかに又戻って来るのであって、これは勿論、ピアノだけの話ではない。これは考えて見ると、大切なことで、西洋ではピアノも普通ならば、薔薇《ばら》を作るのも当り前なことなのである。それは今日、日本に住んでいる我々にとって電気機関車や、野球を見ることが別に珍しくはないのと同じで、他のことも凡てそうである筈なのに、それが必ずしもそうではない。例えば明治から大正に掛けて、確かに当り前なことが当り前に扱われた一時期があったと思われ、それは新しいものを一々鹿爪らしく考える程、人間が生きて行く上での心構えがぐらついていなかったからであり、喫茶店というものが現れれば、それは直ぐ街の生活の一部になり、少年団はただ日本でやって見てもいいのではないかというので始められ、そしてそれで結構、根を降した。併し今日ではそれとは調子が違っていて、ピアノは芸術であり、薔薇作りもうっかり素人には出来ないことになっている。

これは新しいものが入って来る速度が早くなって、我々がそれまで馴れていたものを量の点で引き離し、寧ろ新しいものに対する態度で凡てのものに接する方が手っ取り早くなった為ではないかと考えられる。かなり乱暴な説明をここで試みるならば、初めは三味線と火鉢と下駄と砂利道に対してピアノが一つ加り、それでこの新しいものもそれまでの馴染みがあるものの枠の中に割合に自然に取り入れられたのが、後にはそれがピアノ一つではなくて、冷房装置に、ボオル・ペンに、ジェット機、カクテル・パアティイ、民主主義、レエダア、ミクサア、及び母の日という風なことになって、それで馴れるのとは逆に、我々が前から知っていたものも序でにこと新しく扱い、犬を飼うのも一つの専門、女の洋服はドレスで着るのは和装、旅行をしたり釣りに行ったりするのは趣味で、こけしは郷土芸術と考える習慣が付いたのではないだろうか。ピアノが煩《うる》さくなるのも、こうなれば止むを得ない。

今では余り聞かなくなった駄洒落の一つに、ロンドンに行ったら驚いたことに小さな子供までが英語で話をしていたというのがある。現在は、我々が日本で話す日本語が方々で問題になっている時代なのだから、ロンドンで子供が英語を話すのを聞いて実際に驚きもし、又、羨しく思ってもいい訳で、駄洒落が駄洒落にならない。併しこういう事態を前にして面白がってばかりいられないので、第一に、これ以上に不便なことはない。ここで例えば、息をすることを、健康な人間にやり易いことの一つの標本に見立てるならば、我々が苦労して色々なことを覚えるのも、つまりはこの、寝ている間も息をしている境地に達する為なのであり、それを折角馴れて身に付けてしまったことにまで勿体を付けて、分別臭く詮索したり、神棚に上げて拝んだりしていたのでは、我々は何をするにも余計な努力をすることになり、そしてその目的が解らないのである。日本の英語の先生はロンドンで子供の英語を聞いて、その文法に就て考えるに違いない。

併しことの起りが西洋と、西洋から来たものにあるのだから、もう一度その方に話を持って行った方が事情がはっきりする。西洋ではピアノが三味線ならば、煖房装置が火鉢、或は我々にとって曾ては火鉢だったものであり、実存主義と言っても、これは小説家が多勢いる中でサルトルというその一人が書くもので、ショウは寄席、或は、これも我々にとって曾ては寄席だったもの、オペラは歌舞伎、そして旅行をするのに汽車と自動車と飛行機のうち、そのどれを選ぶかは全く便宜の問題に過ぎない。というのは、それ程進んでいるのだという意味では勿論なくて、どうもそこの所を説明するのが難しいが、要するに、ジェット機も、実存主義も、普通のことなのであって、そこに科学の発達や芸術を持って来てことを面倒にしようという考えが頭に浮ばないのである。

或は、科学の発達も、芸術も当り前なことなので、例えばミロのヴィイナスを見た時、それが素晴しい芸術だなどと思ったりするのは余りにも月並で話にならないのである。これは勿論、西洋のものが何れも西洋ではその場所のもので、やはり新しいものが次々に作られて行っても、そこでは火鉢と下駄と砂利道と畳に対するピアノの割合が守られていて、新しいもので人間の頭が一杯になるということがないことから来ている。カクテル・パアティイは日本の摸擬店以上に珍しいものではなくて、燕尾服は紋付きに相当する。と言っても、西洋でカクテル・パアティイや燕尾服が普通のことであるのと同じ意味で今日の日本では、何が普通かと考えて見ても、直ぐにはその例が思い浮ばない位、凡てが面倒なことになっているようであって、それはその反面、ものごとに対して投げやりになることでもある。そこには生活の智慧、というのは、我々の頭が無意識の状態に置かれているうちに探し出して来るものが入り込む余地がなくて、どんなことをするにも全面的に緊張しなければならないということはいつも緊張していることであり、そんなことは出来ないから、却ってそういう努力を一切しなくなることとの方が多い。

併しそれでは、芝生の向うからピアノが聞えて来るということがなくなる。そういう場合、我々はピアノを聞こうかと思って聞いているのではなくて、足の裏に芝の弾力を感じ、眼に夕方の空の色が映るのと同じ形で耳にピアノが響くのであり、言わばその時、ピアノの音はそれがその瞬間に実際に占めている位置で我々に示されるのである。従ってそこに芸術とか音楽とかの観念に歪められない正確な関係が我々と音の間に成立して、我々は紛れもなく我々自身の耳であるものでピアノを聞く。それは結局は、心を澄まして聞くことなので、向うから聞えて来るピアノの音が爽かに響くのもその為である。又、この関係が保たれて始めて我々は音楽会で、演奏者の妙技に聞き入ることにもなる。それならば、どっちが大事かと言えば、それはそうした心で芝生に立つことが出来ることであって、後は凡てその結果に過ぎない。その方が、それが音楽の根本であることを思えば、又もしそういう比較が許されるならば、一流の演奏家になることよりも大事なのである。

一般には、そういうのが余裕がある態度と考えられている。併しその余裕は、例えば建物が占めているその敷地とか、又我々が地面に立っている時に我々の足の下にある地面とかと同じものを意味する余裕なのであって、それがない態度というのは、態度ではないのである。それで無理するから、我々は焦躁し、専門家になり、自分の博識に僅かに生き甲斐を感じる所まで追い詰められる。併し展覧会に陳列するのが目的の犬に就ての知識は犬に就て知っていることではない。芸術の観念を追っ掛けて弾くピアノは音が伸びなくて、却って音楽ではない。それに考えて見れば、我々は、新しいものの洪水に会ってこういう風なことになったのかも知れないが、その出場所である西洋自体が、我々にとってもうそう新しいものではなくなっていい頃なのである。我々は最後にもう一つ、余裕を失わずにいることを西洋人から学ばなければならない。そしてその余裕は、実際は昔から日本にもあったものなのである。

（「婦人画報」一九五八年七月号）

墓

今までは人任せだったので余り考えても見ない場所だったが、この頃何かと用が出来て行くようになって墓地というものが好きになった。その墓地にも色々と種類があるに違いなくても、例えば東京の青山墓地でも横浜の市営墓地でも、その中に入る毎にどことなく自分の家に帰って来た感じがする。確かにそこに何れは帰ることになるので、殊に横浜のは菩提寺の近くで、家三代の墓地があるのだから今から馴染んで置いた方がいいようなものであるが、それだけのことで墓地というものが人間が親める場所になるとは思えない。寧ろ誰でもがやがては死に、そうして一生を終えて死んだ人間が集っているからこっちもそこで落ち着いた気分になるのではないだろうか。

その証拠に始めて見る墓地でも、例えばどこか他所の町に行って宿屋の二階から向うに寺の屋根とその寺の墓地が見えたりすると何か心が休まるのを感じる。ギリシャ人は墓地のことをネクロポリス、死の町と呼んだ。その死の町と安息の場所とどう違うのだろうか。

我々が死ぬのに就て一つだけ不都合なことは自分で自分が死んだのが楽めないことである。或は少くともどうも楽めそうにもないと思われるが、それならば前もってそれを想像すればいいので、どうにか晩年までこの世に生き長らえて暫くその晩年を安穏に送り、そうしているのにも飽きて死ねば飽きるなどということもしなくてすむようになる。やがて骨には苔が生《む》すかも知れないし、苔生した骨も、そのうちに土に変って墓の廻りの木は一層緑になることだろう。その墓に日が差しているのを感じることはもう出来なくても、そこを通るものは、それを見て墓の中のものが日向ぼっこをして眠っていると思うに違いない。我々が如何に健康であっても一生のうちに不眠症に悩まされることが一度もないということは先ず考えられなくて、その経験があるものならば夜となく昼となく眠り続けるのがどんなことか解る筈である。仮に生前にどれだけ迷いに迷っても死んだものは凡て悟っている。或は少くとも、悟っている筈である。それが出来なくて目を覚して化けて出たりするのは物騒ではないか。

併し例えばハムレットは眠るのは構わないが、その途中で妙な夢を見たりすることになるのは困ると言っていて、これも彼が指摘している通り、どんな夢を見るのか誰にも解らない死後のことで何かと生前に威《おど》かされるのは余り有難いことではない。それが殊にひどかったのはヨオロッパの中世紀かも知れなくて、その頃の文献を読んでいると当時の人間が現世のことよりも主に死んでからのことを思って生きていたのではないかという感じがする。それが何故そうだったのか、キリスト教が拡められたヨオロッパの北方から来た蛮族を地獄の恐しさで震え上らせでもしなければ人間らしい生活をさせることが出来なかったのだという風に説明する他ないとしてその結果が少しひどいことになり過ぎたとも言える。併しこれは中世紀のヨオロッパのことであって、その頃の墓地がどんな具合に人々に見られていたのだろうとヨオロッパでも今はその人達も含めて死んだものが眠っている場所だという印象が強い。

科学的に考えるならばなどということはここでは意味をなさない。科学が扱うのは死ぬまでの人間の物質的な部分と死んで完全に物質になった人間の体だけで、その他のことは初めから科学にとって問題ではなかった。併し科学は人間がやることの一部に過ぎなくて、我々が生きて行くにはそれ以外のことも色々と考えなければならず、確かなことは我々が自分の一生というものをどうにか生きた後で死が安息としか思えないということである。久し振りによく眠れることが解っていて何故夢のことなど気にするのかと、そう墓地に並んでいる無数の墓が我々に語り掛けてくれる。

（「浄土宗新聞」一九六九年七月十日）

英語上達法

英語というのは絶対に覚えられないものなのであるから、そういうことは初めから諦めた方がいい。仮に、英語が読めたり、話せたりする人間がいたら、それは英語を知らないからそういうことが出来るのである。このことは、日本の英語の先生達が真先に承認してくれるに違いない。英語の本が読みたければ、大概のものは飜訳されているし、英語が喋りたければ、通訳というものがある。無理する必要はない。英語を覚えようとする位の暇があるならば、エジプト文字でも勉強することである。

具体的な例を挙げて説明する。古代のエジプト語は少し時間が掛るかも知れないが、例えばフランス語は、神田にアテネ・フランセという所があって、ここに三年も通えば、入る時に横文字の読み方も知らなかったものでもフランス語が自由に読めるようになる。少し気が利いた人間ならば、一年で沢山である。もっと集中して勉強すれば、半年で足りはしないだろうか。又、同じ場所でギリシャ語を一年やれば、字引を引きながらでもプラトンが読める。そのアテネ・フランセから少し離れた所に暁星というフランス語を教える中学があって、ここで子供が二年間フランス語を仕込まれると、三年の時には教科書が何でもなく読めるので、退屈の余りににきびだらけになる。

尤も、これは戦争が始る頃までの話で、今のことは解らないが、それは少しも構わない。同じ戦争が始る頃までの英語を以上の他の国語と比較すれば、中学に入った時から英語を教えられて卒業するまでに五年、他の外国語を選ばなければ高等学校で又三年、大学で三年か四年、その間にどこかで落第しなかったとしても、最低十一年間、それも子供の時から英語をやらされて、これで大学を卒業する時までに英語を覚えるかと言うと、その数が余り少いので、覚えたものは大概、英語の先生にさせられた。そしてそういう英語の先生も、決して自分が英語を覚えたとか、英語が解るとかいうことを認めない。一所懸命に勉強していて、少しは解って来たような気がしないでもないとか、それでもまだ少しも解らないとか必ず答えるのである。

これは一つには、英語という国語が、当の英国人にも解らない色々な複雑な問題を含んでいて、その点で他の国の言葉とは違っているからなのである。例えば、最近の英語研究誌をめくって見ても、「再びオンリィの位置に就て」とか、「母音の長さの示差的機能の喪失」とかいう風な論文の題が目に付く。オンリィの位置というのは、二号に劣るなどということではないのであって、英語でオンリィという言葉を使う時にこれをどこに置くか、動詞の前か後か、主格の前か、動詞が二つあった時はどうするか、というようなことが非常に面倒なのであり、題にも、「再び」という言葉が付いていることに御注意願いたい。つまり、これを書いた人は前にも一度この問題に就て論じたことがあるのであり、そんなことでは尽せないので、もう一度この問題に就て論じているのである。

「母音の長さの示差的機能の喪失」に至っては、素人には、というのは、英語がそういう厄介極まる代物であることを知らない日本人には（又勿論、それを知らない英国人にも、である）、全く何のことか解らないに違いない。それで、その内容を少し引用して見る。

「……近代英語においては母音が有声子音、無声摩擦音の前及び語尾では長くなった。例えば、Led [led] ∧ [le•d]. 同時に無声の破裂音の前では母音が短くなった。例えば、late, let の母音は laid, led の母音よりも短い。こうした母音の長さの変化の萌しは Webster は勿論 Elphinston（1765）及び Cooper（1685）によっても認められている。この新しい非示差的な長さの相異、例えば [le•d] - [led] は従来の laid/le:d/-led/led/, late/le:t/-let/let（// 内は音韻記号）……。」

だから、読んで見た所で解らないのである。そして英語がこういう、どうにもならない性質の国語であることに関する研究は、前にも触れたように、英国人よりも日本人の方が遥かに進んでいるから、英語の研究に一番悩まされるのは、日本に英語の先生になって来た英国人らしい。というのは、彼等の生徒は初めに日本人の先生の下でみっちり修行を積んでいるから、英語の解らなさに就ては英国人の先生よりもよく知っているのである。それで、そういう英国人の一人が或る時、学校で何か英語の文章を説明していると、生徒の一人がその中に出て来る言葉に就て、

「先生、それじゃそれはオブジェクチブ・コンプレメントなんですか、」と質問した。併しその英国人はそういう言葉を知らなかったので、教えて貰おうと思い、

「そのオブジェクチブ・コンプレメントというのは何ですか、」と聞き返した所が、生徒の方は先生に皮肉られているのだと早合点して、とうとう泣き出してしまったそうである。

これは女の学校で、生徒が女だったから泣き出したのであるが、これが男の学生だったたならば、先生を腹の底から軽蔑したに違いない。併し勿論、この挿話をここで伝えている筆者にした所で、このオブジェがどうとかしたというような言葉の意味を知っている訳ではない。

念の為に、三省堂の英和大辞典を引いて見たが、そんな言葉は出ていなかった。つまり、これはそういう、英語学上の専門用語なのである。併しオブジェ何とかが何であるかも知らずに、英語をやろうなどというのは不用意極まる話である。日本人の英語研究はそこまで進んでいる。

英語学というものがあることを忘れてはならない。英語を覚えるというのは、英語学を修めることでなければならないのであって、それでは、英語学というのは何であるかと言うと、これはそう簡単に説明出来るものではない。一つの外国語が覚えたければ、普通、先ずその国語で使われている文字の読み方を習って、次に文法をやり、そんなことをしているうちに少しは単語の知識も出来て来るから、後は文典と字引を頼りにその国語で書かれた文章を読んでいれば、一応は読み書き喋りに不自由しなくなる。そしてそんな風にして幾つかの国語をものにした後、もっと広く言語というものに対して興味が湧いたならば、そういう問題を扱って、インド・ゲルマン系統がどうの、グリムの法則がこうの、という風なことをやる言語学というものがある。併し英語学は、言語学とも違う。

言語学を知らなくても、フランス語でも、ラテン語でも、支那語でも、ギリシャ語でも、英語以外の国語なら何でも身に付けることが出来るが、英語だけはそうは行かない。例えば、オンリイという言語の意味が解って、それが形容詞、或は副詞であることを知っても（因みに、このことにも既に疑問があるらしい）、今度は、オンリイ・ワンと言うのが正しいか、それともワン・オンリイか、或はどういう場合にどっちであるか、その使用法に関する研究の方がまだ満足すべき成果を挙げるに至っていない。勿論、一部の教育がない人間の間では、この言葉がそんなことにはお構いなしに使われて、満足すべき成果を挙げている。併しそれは英国人が英語を知らずに英語を喋っているようなものであって、そういう夢遊病者的な態度に止るのは我々の恥である。それにこれはまだ、オンリイという言葉一つだけの問題であって、その他に例えば、母音の長さの示差的な機能の喪失ということだってある。

併し気が付いて見ると、本稿はどうすれば英語が上達するかということを説明するのが目的だった。少くとも、題はそうであるし、同じ題の本もかなり出ている（断るまでもないことであるが、その中に筆者が書いたものは一つもない）。そうすると、何か上達する方法が実際にあってもよさそうで、それで思い出したのが、銀座のビヤホオルでの或る場面である。英国の詩人が一人、日本に来て、それをそのビヤホオルで何人かの日本の文士が囲んでいた。その中には通訳もいたのだろうと思うが、こんな場合に通訳程、役に立たないものはない。そのうちにその英国の詩人がはっきり、「ベンジョ」と言った。他に何か、やはり日本語で言ったのかも知れないが、「ベンジョ」だけは確かに聞き取れた。恐らく、この言葉だけは知っていなければと思って、一所懸命に覚えて来たのに違いない。その効果は鮮かだった。

それで、前には夢遊病者的な態度というのを軽蔑したように書いたが、夢遊病者的な態度を取らないまでも、夢中になる、或は、必死になるというのは、英語を覚える上でもいいことなのではないだろうか。ロンドンで客に呼ばれて、便所に行きたいことを相手に解らせることが出来たら、それによって得られる自分の語学力に対する自信は大したものである。そして語学の場合、自信が付くということは、それだけ上達したことを意味する。これに対して、便所に行きたいという英語を知っていても、その場になったら恥しくて言えないだろうとか、母音の機能が厄介だから、言っても相手には解らないだろうとか思うものは、一度ロンドンで客に呼ばれて、ビイルその他の飲みものをなるべく沢山飲んで見るといい。案じるよりも易いことが解る筈である。少くとも、その英国人の日本語を聞いて、確かにそうでなければならないと思った。

併しながら、英国までビイルを飲みに行くのは大変であって、それだけの金を掛ける位なら、日本でも英語が覚えられそうである。併し日本では英語学が待ち構えている。それでその御厄介にならずに、そして銀座でビイルを飲む程度の費用でやるのには先ず、ビヤホオルで英国の詩人が置かれたような状態に、どうして我々自身が日本語ではなくて、英語に対してなれるかということを考えなければならない。だから、便所による覚え方は駄目であって、英国人と付き合うというのは誰もが一度は考えることであるが、これが極めて一方的な要求であることも見逃せない。どうかすると、日本語を流暢に喋る英国人に当ったりすることもある。要するに、生理的な必然に頼るのは得策ではなくて、もう少し肉体離れした方面に活路を見出す他ない。

例えば、

And as I was green and carefree, famous among the barns
About the happy yard and singing as the farm was home……

という二行の英語の詩がある。これは最低の限度に英語の読み方を知っていれば、その意味は何だろうと、如何にも美しい響きがあることが解って、その音に惹かれれば、どうしても意味の方もはっきり摑みたくなる。つまり、これは英語の勉強をしているのではなくて、したいことをしているのであり、そしてこれは字を通して読んだものでも、半ばは耳から来ているのであるから、英語をやっているのではないにも拘らず、これ以上に確かな英語に対する手掛りはない。

同じ効果を狙って、ジョオジ・バロオという英国の言語学者、或は少くとも、非常に多くの国語を自由に話した文学者は、外国語を一つ新たに習う時は、その国語の聖書と猥本《わいほん》を読むといいと言っている。この聖書というのは我々が普通、考えているのとは少し意味が違うので、バロオはヨオロッパ人を相手に書いていたのであり、聖書は大概のヨオロッパの国語に訳されてどこの国でも読まれているから、外国語で書いたものでもどんなことが書いてあるか、見当が付け易いというのである。日本人のキリスト教徒なら、これをやって見てもいい。

併し猥本の方は、これは全く書いてあることに釣られて、その先がどうしても読みたいから語学の上達に役立つ。そうすると、差し当り、「チャタレイ夫人の恋人」の原文ということになりそうに思うものがあるかも知れないが、現実と検察庁の意見の食い違いはそこにも現れていて、「チャタレイ夫人」をそのように読もうとしても余り捗《はかど》らない。猥本というのは、もっと色気があるものである。「ファニイ・ヒル」とか、「四畳半襖《ふすま》下張」とか、そういうものを狙うべきであって、それには困ったことに、この種類の原書を手に入れるのは必ずしも容易ではない。それ故に、次には英語で書いた探偵小説ということが考えられる。探偵小説はその目的の点では猥本と一致しないが、読者を釣って行くように書いてある点では猥本と同じである。尤も、そう言えば、何でも名作は凡て読者を釣って行くから、それならば、我々の原始的な本能に訴えて我々を釣って行く点で、探偵小説は猥本と同じである。人殺し、恐喝、失踪、追跡、一つとして我々の胸が躍らないものはない。その上にこの頃は重宝なことにハアドボイルドと言って、猥本の功徳を兼ねたものもある（ハアドボイルドはそんなものではないという専門家の意見は、英語学と同じ探偵小説学に過ぎない）。そこで、これは勿論、猥本にしてもそうであるが、なるべく面白そうな英語の探偵小説を一冊買って来て仕事を始めれば、英語は覚えなくても、面白い思いをする。だから、英語も覚える。

尤も、こういう方法で英語を身に付けるのは凡て邪道であると心得なければならない。それで英語が解ったなどと思うのは、英語というものの性質を知らないからだ、——という議論は既にこれまでに尽した。そしてこれが真実であることは変らなくて、では、オンリイをどこに置きますか、と聞かれて、日本の英語学者にさえも解らないことが答えられる訳はない。英語学の前途は遼遠であって、大体、先に自分一人で英語に上達しようなどと考えることが既に無謀であり、学術的な良心に欠けていることを示す。

だから、初めに戻って、英語を覚えるのは諦めた方がいい。オンリイはアパアトに置いて、せいぜい楽むことである。

（「別冊文藝春秋」第四十八号・一九五五年十月）

私の修業時代

今になって見ると、英語の勉強をしたことが全く記憶に残っていないことに気が付く。恐らく、他の勉強をしたことと一緒に忘れてしまったのだろうと思う。ということは、勉強が辛かったということになるのかも知れないので、妙なことに、或は、そこはよくしたもので、辛いことは直ぐに忘れられ、楽しかったことだけをいつまでも覚えているのが普通のようである。精神の衛生とでもいうのだろうか。

そういう訳で、勉強したことに就ては書けないが、中学生時代に京都に行って、古本屋でカアライルの「サアタア・レザアタス」のエヴリマン版を見付けたことがある。カアライルは「フランス革命」で味を占めていたので、この「サアタア・レザアタス」も買い、帰りの汽車の中で読んで見た。「フランス革命」とは大分違った性質の、大変に威勢がいい文章で書いてあるもので、これを読むことが英語の勉強になったかどうか疑問であるが、何でもがむしゃらに読んで行けば、曲りなりにもその意味が取れることを発見した点では、本を読む勉強になった。四書五経の素読ということは、確かに有効な読書の仕方だったので、子曰クと何度も繰り返していれば、それだけでやがて聖賢の教えも会得することになる。字引など、こういう真剣な本の読み方をしている時は邪魔になるばかりである。これは、自分の経験から言っているので、この方法で失敗したのはマラルメの「賽《さい》の一投げ」を読もうとした時だけだった。そしてこれも、ただ暇がなくて、繰り返し方が足りなかったからだけのことかも知れない。

日本の本で耽読したのは大佛《おさらぎ》次郎氏の「赤穂浪士」と、矢田挿雲《やだそううん》氏の「太閤記」で、類例を英国の本に求めると、こういう大家と比べると大分落ちるが、その昔、英国にG・A・ヘンティィという少年向きの時代小説を書く作家がいた。コルテスがメキシコを征服する話だとか、薔薇戦争でウォリック伯がエドワアド四世側と競り合って、最後に戦死する話だとか、夢中になって読んだものである。つまり、少年時代にヘンティィの愛読者だったものが、長じて矢田、大佛などの大家の作品に赴くことになったということになる。ギボンの「ロオマ衰亡史」に惹かれたのも、ヘンティィによって開眼されたお蔭だったとも考えられる。

ヘンティィで思い出したが、この作家も十九世紀の末には寄稿したかも知れない「ボオイス・オウン・ペエパア」という少年向きの雑誌が、今度の戦争が起る頃までは英国で幅を利かしていたもので、この雑誌にも昔は随分お世話になった。ヘンティィ風の時代小説の他に冒険小説や、それからこれは英国に特有の学校小説というものなどの連載があり、短篇があり、模型飛行機の作り方がありで、まだ大佛次郎氏もギボンも知らなかったから、結構こういう記事に夢を託すことが出来た。そして英語で書いてある以上、これを読むのが英語の勉強にもなったのだろうが、その辺のことは前にも述べた通り、もう覚えていない。体裁上、なったことにして置く。実は、書くのを忘れたが、筆者が通った学校の外国語はフランス語で、英語は選択でこれを取らなかったから、英語の勉強がしたくても出来なかったのである。

（「英語研究」一九五七年七月号）

腰弁になるの記

大学の先生になるのに就て別に改った理由がある訳ではない。第一、今の所はまだそれになるという話が決ったただけのことなのだから実際になって見なければそれがどんなことなのか言えるものではないし、そうだから、心構えも何もある筈がない。その時になったらどうにかなるのだろうと思っている。そういう次第で、そんな頼りがない気持でいる人間が書く腰弁になるの記もないものである。

併し学校で喋っている時間だけでものを書かずにすむことになるのを望むに就ては非常にはっきりした理由がある。要するに、この仕事がいやで堪らないからなのであるが、当節のことではあり、これには色々と説明したり、弁解したりしなければならないのに違いない。先ず、何とかが男子一生の事業であるとか、ないとかということを持ち出す人間が早速そこに現れる。愚の骨頂であるからこれには答える必要がない。或は、これも説明の材料になるだろうか。問題は、男子一生などという余計なことを切り捨てた上での、その事業の性質なので、人間がやることの中には、例えば、息をしないで水の中にどの位潜っていられるか、それを験《ため》すのを繰り返しているようなのがあり、そんなことをしているうちに死んでしまわなくても、少くとも、自分がしているのが極めて不自然なことであるのを認めずにはいられなくなる。

つまり、文学の仕事というのは不自然なものなのである。そしてそれを人間がやるのは、そういう不自然なことを自然に求めるものが人間のうちにあるからである。そういう風に出来ているのだからこれは仕方がない。自然に生きるというのは、秩序に縛られずにいることで、それが最も自然に適って存在する方式である時、人間はそれを知っていて、秩序を求める。この頃は文学も芸術になり、そのお蔭でものを書く人間も芸術家で髪が長くて目が変で、という限りでは、結構な御身分のようであるが、実際の文学の仕事はそんなものではない。一つの作品というのはそれだけで終始している一つの全体、従って又、一つの秩序をなすものなので、我々人間が置かれている社会とか、地球とか、宇宙とかいうものに秩序があるのかないのか、古来、誰にも言えた例《ため》しがないのであるから、その無秩序の中にあって、幾つかの言葉の組み合せに秩序を求めるのみならず、それを実現することを期すること以上に不自然なものはない訳である。

芸術はこのことに就て生憎、何の助けにもならない。はっきり芸術と解っている絵とか、陶器とかの場合はそこに物質の制約があり、その物質を通して自然が絶えず覗いていてそれが救いになり、従って又同時に、秩序はそれだけ不完全なものしか得られない。そして文学の作品というのは、これも生憎、小説の別名なのではなくて、何だろうと作品になるのであり、ものを書く毎に一つの作品を仕上げる積りで、又事実、仕上げるのでなければ、文学の仕事をしていると称するのは無意味である。そうすると、何か書く毎に水に潜ることになり、そういう性質の仕事であるからそのうちに馴れて来て楽になるということはあり得ない。勿論、その解り切った対策はそういうことをするのに間を置くことである。ゲエテは文字通り、一生をかけて「ファウスト」を書き上げたかも知れないが、当時、「ファウスト」を早く書き上げて死んじまえと催促する編輯者はいなかった。

こういう仕事に比べれば、自分がいつの間にか覚えて身に付けた事柄や話を人の前で喋るのは凡そ自然な行為である。それは言わば、金魚売りが金魚、金魚と呼びながら金魚を売って廻るようなものだろうか。それが望ましいことと思わないものは、書くということをしたことがないか或はあっても、何か書いたと称するに足りるものを書いたことがないのである。

慾も得もなく金魚が売りたくなった人間ならば大学の先生にもなれる。他にも色々なものになれる筈であるが、それをここで並べる必要はない。兎に角、水の中に潜っているのでない時間が或る程度まで確保されるというのは、考えて見ると、当り前な話である。併しそれが今日の日本では文士の場合、当り前ではなくて、それで文士は、すみませんけれどもと言って時々、陸に上って来る。

（「朝日新聞」一九六三年四月十九日）

酒

1

今年の菊正の樽を寄越してくれた人があって、飲んで見たら、どうも旨くて、暫くはそれが酒だということを考えなかった。併しもしこれが酒ならば、今まで飲んでいた大概のものはただ酒に近い状態にあるものだったので、折角、酒にアルコオルをぶち込むことを政府に強制された結果、その匂いを消したり何かする必要から、却って醸造の技術が向上したのだと思っていたのに、これでは昨年と今年の技術が違い過ぎる。米と水はいつも同じ場所のものを精選しているのだから、そっちの方の関係でこういうことになる訳がない。何だか解らずに、ただ飲んでいたら、その道の専門家に、豊作続きでアルコオルをぶち込む量が減ったのだと教えられた。つまり、酒はやはり米だけで作った方がいいということになる。

併しアルコオルのお蔭で、それだけではないだろうが、技術が進歩したということはやはりあるような気がする。今年、前よりも少いアルコオルのぶち込み量で作った菊正が、それではそれだけ戦前の、アルコオルを入れなかったのに近くなったかと言うと、どうもそうとは思えない。戦前の、千疋屋《せんびきや》の尾張町支店があった角から入った横丁の「岡田」で出していた菊正は、こっちが何度も飲んだ記憶があるのがいつの間にかぼやけて来たのではない限り、もっと荒っぽい、豪壮なものだった。今の方がその頃よりも、もう少し舌が酒の味に馴れている筈であるから（当時はがぶ飲みだった）、あの時にそう感じたのなら、今ならばもっと強烈な印象を受ける筈である。そして昔は、芳しい酒が同時に強烈だったが、いい酒は滑かなのが本当のように思える。その証拠に、フランスで上等のブランデイを作るコニャック地方に隣接して、それ程良質の葡萄が取れない地方で出来るアルマニャックと呼ばれるブランデイがあるのが、コニャックのフィイヌ・シャンパアニュよりは荒い味がして、これが好きな人もいる。

それ故に、日本酒がもう一度、米だけで作れるようになったら、どんな上等なものが出来るか解らない。或るアメリカ人の酒通の友達が、いい日本酒はティオ・ペペという銘柄の、シェリイ酒の中でも辛口なのに似ていると言ったが、今度はそれにそっくりのものになるかも知れない。それにしても、日本酒は穀類で作るものなのに、それが白葡萄酒のシェリイ酒などの果実酒のような味がするのは何故なのだろうか（シェリイ酒というのは、白葡萄酒にブランデイをぶち込んだものである）。一般に、穀類で作るアルコオル飲料はウイスキイだとか、ビイルだとか、ジンだとかいう、どっちかと言えば粗末なもので、これに対するはっきりした例外が日本酒と支那の老酒であるが、日本酒の方が果実酒、或はその中の葡萄酒に近い。そして果実酒の中では、葡萄で作ったものが問題なく優れているから、東西でフランスの葡萄酒と日本の酒が両横綱を張っていることになる。

それに付けても、いつも思うのは、日本酒が貯蔵出来ないのは何故なのかということで、老酒に古酒があるのは葡萄酒と同じであり、葡萄酒のように、どこの酒は何年のが出来がいいと一々覚えているのかどうかは解らないが、古酒が尊ばれることは確かである。又、前にもどこかで書いたことをもう一度繰り返せば、日本酒が一年もたてば必ず悪くなるという訳でもないので、昭和二十八、九年頃に山形県の酒田に行った時、そこの初孫という酒の、昭和十四年に米穀統制令が実施されるのに先立って作ったのを出されて、これはもう西洋のどういう風な酒に似ているなどということを考えさせない、大した酒だった。貯蔵の設備がいいということもあるのだろうが、兎に角、日本酒がこれで少くとも十五、六年は持って、その間に葡萄酒と同様に、味が益々枯れて来るものであることが解る。その色まで古いブランデイのように淡くなっていたのを覚えている。

そうすると、これは醸造の方法とか、水の質とかいう難しい問題ではなくて、単に我々日本人が酒が古くなるのが待ち切れず、仮に少し取って置きたくても、その年に出来た酒の量が足りない位で、残るなどということは考えられないということなのかも知れない。それならば、これは立派なことで、フランス人でも、支那人でも、これには敵わないだろうと思う。そしてもう一つ、そのことに就て考えられるのは、そんな風に酒がやっと需要を満す位しか作れないというのは、日本人の大部分が比較的にいい酒を飲んでいるからだということで、支那人、或は少くとも、中共が革命を起すまでの支那人は言うに及ばず、誰もが子供の時から葡萄酒を飲み付けているフランス人でも、多くはその年に出来た一般用の、まだ生の葡萄酒で我慢しているので、皆がシャトオ・ラフィットの一九二一年でなければなどと注文を付けたら、こういう葡萄酒の生産高から見て、一九二一年のシャトオ・ラフィットは一九二二年の夏までにはなくなっていた筈である。

併しここで別に、貴族的という風な言葉を持ち出すことはない。もし貴族的というのが洗練されているということなら、フランスの上等のシャトオものもいいものであるが、樽の日本酒もこれに引けを取らなくて、支那人が君子と呼んだのがどういう種類の人間なのか解らないが、飲んでいる間、何となくその君子になったような気がする。併しそれよりも確かなのは、飲んでいる間は日本酒を飲んでいる我々であることで、かなり最近まではそれが我々日本人だけだったのが、この頃は戦争のお蔭なのか、同好の士が外国でも大分殖えている。少くとも、外国にいる友達が日本に来て、日本酒でいい気持にならなかったのはまだ一人もいなくて、これは、葡萄酒というものがその葡萄酒の味や匂いで喜ばれて、日本酒に日本酒のような味と匂いがあれば、寧ろ当り前な話である。インド洋やウラル山脈、或は太平洋を越えたからと言って、人間の味覚が変る訳がない。

所が、日本酒はそんなに遠くへ持って行くと、余程気を付けなければ、味が変る。これは前に触れた、貯蔵するのに適しているか、いないかの問題とも関係があることかも知れないが、その点に就ては、酒というものが一般に自分が作られた所から離れるのを好まないものなので、そのことに掛けて日本酒は酒の中でも酒らしい性格を備えているから、これが安全に運べる範囲は先ず日本国内と考えなければならない。葡萄酒も、高い金を払えば、日本でもフランスの上等な葡萄酒が手に入る。併しそれがフランス、或は英国で飲むのと同じ味がするかと言うと、偶にあり付けた感激を差し引くならば、これは余り自信を持って答えられることではない。まして、日本酒はその点、敏感であって、ニュウ・ヨオクやベルリンで飲むのでは、英国のダアビイで勝った馬をアメリカに連れて行くような具合に運搬するのでなければ、現地の酒に負けるのに決っている。

又、それでいいのではないだろうか。スコットランドのウイスキイが世界中に輸出されると言っても、それはウイスキイだからで、そのウイスキイでさえも、スコットランドで飲んだ方が段違いに旨い。フランスの葡萄酒の輸出先は主に英国で、晴れた日にはフランスのカレエから英国のドオヴァアの白い崖が見える。どこへ行っても、そこで飲める旨い酒があって、その酒は遠方から持って来たどんなものよりも旨い。日本酒が好きな人間が外国にも殖えたからというので、これを缶詰にしてまで外国に送り出すことはなさそうに思える。日本の海の色が、或は松の緑が外国に持って行けるものだろうか。土地の酒というのも、そういうものであって、凡て上等な酒はその土地のものなのである。

2

どこへ行っても、その土地の酒が一番いいとなると、例えば、日本にいて日本酒と洋酒とどっちが好きかというようなことを、少くとも飲み助に聞くことはない。併しそれでも、日本人に限らず、日本酒が好きになったものが外国で日本酒の味を思い出したり、日本にいる人間の頭に、ヨオロッパで飲んだ洋酒のことが浮んで来たりすることもある訳で、洋酒の旨いのは、やはり結構なものである。先日、ロンドンで御馳走してくれた人が東京に着いたので、今年の菊正で一晩飲み明した後、翌朝になってから、その人に御馳走になった洋酒の数々が久し振りに記憶に甦った。これは洋酒の方が味が単純だからなのかどうか、そこの所は疑問であるが、日本や支那と違って、洋酒の本場では同じ一つの種類のものを飲み続けるということがない。外国の雑誌の広告を見ても解るように、食前に飲むもの、食後のもの、食事中に飲むものという風に、色々ある。

飲むことから食事が切り離せないのは、日本酒以上であって、これは尤も、日本酒だって食べながら飲んだ方が、本当はずっといいのである。併し日本酒には、食べなくても或る程度は栄養になるものが何かあるようで、それで肴は塩や味噌を舐める位で飲むという不衛生なことにもなるのかも知れない。兎に角、洋酒は食前から食事中、そして食後も飲み続けるのが定石で、それで酒の種類も多い。シェリイというのは、食前に飲む酒の中に入るが、この酒に就ては既に書いた。この他に、食前の酒というのはまだ幾種類もあるらしくて、ただ皆、甘口のようなので飲んで見たことがない。昔はパリの街を歩いていると、この食前の種類に属する酒の広告が大概の所に出ていたものだった。アメリカの観光客がビイルを頼む時、よく給仕が勘違いして持って来るビルという酒など、街のどこかにその名が見えないことはなかった。併し今のパリのことは解らない。

そんなのはどうでもいいとして、食事になると、葡萄酒が出て来る。これが料理屋で食事をするのだと、献立の他に酒の表を持って来させて選ぶのが楽みだし、人の家に呼ばれて行ってのことならば、給仕が注いで廻る酒の瓶に何と書いてあるか、見ずにはいられない。葡萄酒が決して日本酒のようにお銚子などに移さずに、もとの瓶のまま出されるのは、その為もあるのだろうと思う。見ると、呼ばれるのが楽みである程の家ならば、ムウルソオ・ジュヌヴリエェルだとか、モンラシェだとか、コルトン・シャルルマニュだとか、イケムだとか、或は赤葡萄酒ならば、シャンベルタン、ロマネエ・サン・ヴィヴァン、シャトオ・ムウトン・ロッチルドなどと書いてある。実は、ブルゴオニュ地方の葡萄酒とボルドオ地方との違い位は解っても、同じ地方のどこの何というのがどこのと比べてどんな特色があるというようなことは、まだとても一々覚えていられる程、葡萄酒というものを飲んだことがない。

併しながら、いい葡萄酒の名前と、出来が上等だった年を幾つか知っていれば、瓶に貼ってある紙を見ただけでこれから飲むものが旨いか、まずいかの大体の察しは付く筈である。看板に偽りはなくて、そのロマネエ・サン・ヴィヴァンだとか、シャンボル・ミュシニィ・レ・ザムウルウズだとかが注がれると（年は例えば、一九三七年）、食卓の明りの具合では、黒に近い色に熟した葡萄の光沢だけが、瓶から移されて盛り上って行く感じがする。味は、今更言うまでもない。いつも不思議な気がするのだが、葡萄酒は勿論、冷やで飲むものなのに、殊にブルゴオニュ地方のは、急に何か日が当っている場所に出たような、或は、日光が体の中に差し込んだのに似た感じになることである。尤も、これは別な風にも形容出来るので、廻りに俄かに派手な言葉が起ると言ってもいい。葡萄酒には、そういう陽気な一面が確かにあって、これは一般に、酒というものが我々に考えさせるものではなしに、葡萄酒を飲む時に特有のものなのである。

給仕が酒を注いで廻れば、同じく給仕が料理の大きな皿を持って来るが、自分の番になってその料理の一部を取り分ける際には、なるべく少しにしなければならない。というのは、余り慾張ると、食べるのに手間が掛ってそれだけ飲む時間が少くなり、給仕の目に付く程度にいつも自分のコップに入っている酒を減らして置かなければ、給仕が注ぎ足してくれないからである。西洋料理などというものは、或はもっと広く言って、どんな食べものでも、又それを食べる機会に何れは巡り合えるのに決っていて、仮にそれが二度と来なくても、太陽がお腹に入るのをいつ又経験することが出来るかということに比べれば、大して惜しがることはない。併し上等の葡萄酒というのは、その一瓶毎に独特の時間が湛《たた》えられていて、三度の食事にこと欠かない限り、食べものなどとこの貴重な時間が換えられるものではない。併し葡萄酒も洋酒で、前にも言った通り、洋酒は食べものと切り離すことが出来ないから、なるべく手間を掛けずに食べられるものを少し取る。

洋酒が何か食べながら飲むものであることは、食事が進むに連れてはっきりして来る。空き腹にシェリイ、白葡萄酒、赤葡萄酒と流し込んだら、どんなことになるか解らないが、そこは相当に脂っこい料理で腹に抵抗が出来ているから、飲むに従って酒も旨くなる。殊に、幾ら少ししか取らなかったのでも、ブルゴオニュ地方の赤葡萄酒と野鳥料理の組み合せというようなものは、これはそれだけでも試みる価値が充分にある。兎に角、それで食事もどうやら終りに近づくと、洋酒が楽みたいなら食べなければということが、もっとはっきりする。というのは、愈々《いよいよ》コオヒイになって、それからブランデイが出るからである。何と言っても、葡萄で作った酒はブランデイに至って極まる。或は少くとも、充分に腹拵《ごしら》えが出来て、葡萄酒その他で飲む方も相当な所まで行った時、ブランデイになれば、そう思う。本当に楽むのには、それだけのお膳立てが必要なのだから、贅沢な話であるが、ブランディというのはその味も、強さも、匂いもそういう贅沢なものなのである。この酒には確かに太陽が入っている。

ここで少し横道に逸れるならば、英国人の間には面白い習慣があって、コオヒイが出る頃になると、い合わせたものの中の女だけが席を立って別室に行き、そこでお互にお喋りをしている間、男はい残って飲み続ける。これは、本当に飲みたくなれば同類だけでそれをやりたいという、飲み助の心理に添ったものに違いなくて、又、女は女で男に付き纏われるのから、こうして暫くでも逃れるのが息抜きになるということは、これは或る英国人の女から聞いたことがある。又この時、男ばかりになった食堂に、この習慣がある英国ではポオトが出ることもある。必ずという訳ではなくて、それはこの日本のポオトワインとは凡そ違った高貴な酒が、今日では英国でも高貴になり過ぎて、容易に手に入らないからではないかと思われる。そんな酒だから、ここでそれがどんなものか書いた所で仕方がなくて、この辺で女の客達がいる応接間の方に、他の男達と移った方がいい。そこでは又飲んで話が弾むので、それを見てもこうして一時別れるのが、一種の精神の衛生からであることが解る。

客に呼ばれて飲む時のことばかり書いて、料理屋に自分で出掛けて行く時のことに触れることが出来なくなった。その埋め合せを何れはするかも知れないが、面倒なので止すことになりそうな気もする。そんなことよりも、もう一度そういう料理屋に行って見たいものである。

3

日本酒と葡萄酒のことを書いた後、他に何があるのだろうか。人間が一生のうちに飲める酒には、量のみならず、種類の上でも限りがあって、葡萄酒だけでも、ありとあらゆる種類のものを飲み尽すのは並大抵のことではない。そんなことをした人間はまだいないのかも知れなくて、勿論、それで少しも構わないのであり、葡萄酒通というようなものには、なればなっただけのことで、佐渡の勇駒という日本酒しか飲んだことがなくても、これが結構旨い。又、色々な種類を知っているから、旨い酒を旨いと思うのでもないので、話は寧ろその逆である。我々が生れて育って、酒の味を知ってから、その旨さを頼りに初めに飲んだのとは別な旨い酒も知ることになるので、凡ては我々が酒を旨いと思うかどうかということ一つに掛っている。

酒は旨ければいいのだとなれば、こんな話がある。或る英国の旅行家がシェリイ酒の産地であるスペインのヘレス地方に行って、シェリイ酒の醸造元の中でも大きいゴンサアレス・バイアス会社の工場を見学した。そして葡萄の汁を搾る場所や、それを入れた樽の置き場などを、何とも悲しそうな顔付きをした案内人に連れて廻られてから、出来上った酒の大きな樽が並んでいる所に漸く着くと、そこへ細長い管を持った男がもう一人現れた。

案内人はその樽の一つを指して、今にも泣き出しそうな顔をしながら、

「ティオ・ペペ」と言って、もう一人の男に合図する。つまり、それがティオ・ペペという銘柄のが入っている樽で、管を持った男は早速それを樽に突っ込み、旅行者と案内人の為に中身を二つのグラスに注いで渡す。それからもう少し先の樽の所へ来ると、案内人は、

「アポストオレス」と言って、今度はそれが二つのグラスに注がれる。その頃から、案内人は幾らか元気が出て来たようで、旅行者がアポストオレスのお代りをしないのを不満に思っている様子を見せる。併し又その少し先の方まで歩いて行って、

「マトゥサレム」と言う。

そんな風にして、この二人はそこにあるだけの銘柄を一杯ずつ飲んで廻って、最後に、やはりそこで作っている何とかいう銘柄のブランデイを一杯ずつ飲む頃には、案内人はすっか

り陽気になっていて、シェリイで解決することが出来ない問題などというものはないのだと旅行者に教える。世界中から、真面目にシェリイの研究をする積りで色々な人間がそこの工場へやって来て、そうして一廻りすればもう質問もしなければ、ノオトも取らなくなる。その樽が並んでいる倉庫まで来て、一切の苦痛も、悲みも終るのだというのである。そして聞いている方の旅行者も、それまでにすっかりいい気持になってしまっていて、後で今度はそこの記念品が陳列してある所に連れて行かれて歴史的なシェリイが入っていた樽などを見せられても、そんなことはもうどうでも宜しいという訳で、ただ自分の酔い加減の素晴しさに一人で悦に入っている。併しそれよりももっと面白いのは、工場の見学を終って外に出ると、朝来た時と同じ暑いスペインの真夏なのに、辺り一面が薄暗くなっているので、通り掛った百姓に夕立ちが来るのではないかと言うと、百姓がげらげら笑い出して、シェリイ工場はどうだったと聞く。つまり、旅行者は自分が日除け眼鏡越しにものを見ていることを忘れているのである。

これはオナア・トレイシイという人が書いた「シルクハットで朝飯抜き」というスペイン紀行の一節であるが、こういう具合に酒の工場などに行って昼日中から酔っ払ってしまうのは、全くいいものである。ということは同時に、どんな酒でも、それを作っている所で飲めば旨いのだから、その酔い心地には酒が上等であることも入っているということであって、酒が旨いのと、それに酔うのは決して別ものではない。私は酒を鑑賞するだけでなどということを言う人間は、それが下戸でない限り、ぶん殴ってやって差し支えないということはなくても、心理的には先ずそれに近い。酔うのにも色々な酔い方があるが、酒は酔う為に作られるので、一升飲んでも、二升飲んでもどうもないとか、酒の味が解れば沢山だとかいうのは、嘘であるか、或はもしそれが本当ならば、飲むだけ無意味である。それに、酔わずに酒の味が解るということはあり得なくて、酒というものの性質から言っても、酒を旨いと感じた時に、既に酒は多少とも体の中に廻り始めている。

併しオナア・トレイシイも、自分が日除け眼鏡を掛けて空が暗くなったと思っていることを指摘したスペインの百姓をぶん殴りはしなかった。それが上等な酒、つまり、旨い酒の不思議な所で、旨い酒を飲んで乱に及ぶというのは滅多にないことであり、それがあった時は、飲み手の方がどうかしていたと考えなければならない。幾ら旨い酒でも、それを飲む人間が名うての性悪だったり、がりがり亡者の高利貸が百万円損をしたような悩みでひしゃげたりしていることにまで責任は持てなくて、そんな場合には、旨い酒でも悪酔いするものらしい。併しこういうのは例外であって、尋常一様の人間に就て言うならば、酒が旨いというのはその味がいいということであるとともに、飲んでいるうちに体がどことなくふわふわして来ることでもあり、羽化登仙した積りで立ち上ると、別によろめきもしないのは、これも不思議である。必要とあれば、又、踊りを知っていさえすれば、踊ることも出来る筈であって、それであの「勧進帳」の弁慶は一升酒だか何だかを飲んだ後で富樫の前で舞う。

弁慶も強かったのだろうが、これはあの酒が余程旨い酒でもあったことなので、「勧進帳」で富樫が弁慶の一行に差し出す砂金の袋の他に、この酒はこの芝居が興行される毎に我々の注意を惹いて止まない。十二世紀の日本には、どんな酒があったのだろうか。清酒が出来たのは江戸時代になってからということだから、所謂、清酒ではなかったのだろうが、弁慶の飲み方を見ていると、あれは濁酒ではない。「勧進帳」が書かれたのも江戸時代であるから、あの飲み方も作りごとだと一応は考えられても、義経が衣川《ころもがわ》で討たれた時、その首をいい酒に漬けて鎌倉に送ったとものの本にあり、濁酒に首を漬けて、奥羽から関東へ行くまで持つ訳がない。そうすると、先ず濁酒を作り、その上澄みを更に何かの方法で精製するということがあったのかも知れなくて、それを思っただけでも旨そうな感じがする。例えば、それは冷やでも飲めたのではないだろうか。弁慶が飲む酒は確かに冷やで、それにあんなに沢山の酒を一時に注いで飲ませるのに、お燗などしていたらば義経の正体がばれてしまう。

旨い酒というのは、全く結構なものである。飲めば飲む程よくて、李白がいい加減飲んでから相手に、眠くなったから明日又来いと言ったのは、何か腑に落ちないものがある。恐らく、これは詩が四行続くうちに破天荒の量を飲んだということなので、それだけ飲めば誰でも眠くなる。又、それが上等な酒のいい所なので、記録破りの飲み方をしても、せいぜいが眠くなるだけであって、別に卓子を叩いたり、窓ガラスを壊したりしたくはならない。眠くなって、安らかな一夜を過し、二日酔いもしなくて、それで詩人も、明日は琴を持って来なさいと言っている。二日酔いだったならば、琴など聞ける訳がない。

（「あまカラ」一九六〇年十二月—六一年二月号）

私の食物誌（抄）

神戸のパンとバタ

こういうパンとバタなどというものはどこにでもあってどれも似たり寄ったりだと思ったのでは少くとも朝の食事がまずくなる。戦後は殊にそうで戦争が始る頃までは確かに東京でも横浜でも旨いパンがあり、どこからか旨いバタが送られて来ていたが、それが戦後はどうもアメリカさんの影響で、或は日本を占領しに来た種類のアメリカ人の好みのせいでパンはただ砂糖を入れて焼いて真っ白で甘いものならばいいことになり、バタは単に脂を補給する方法になった。勿論ものを食べるというのが単に栄養を補給する方法でしかないならば甘い白いパンでもただの脂のバタでも構わない訳である。そうした考え方が行き着く先が月まで飛ぶ時の食べものとも言えない食糧であるが、やはり命が惜しければ食べものは食べものらしい方がいい。そしてどうした訳か神戸で食べるパンやバタは昔通りの味がする。その神戸が灘《なだ》の酒の産地でもあることを思えば或はこれは神戸にはまだ文明があるということなのかも知れない。東京から来た序でに是非お土産にと思って入った道端のパン屋ではパンは朝のうちに全部売り切れるから朝買いに来る他ないということだった。別に東京の人間に食べさせる為に神戸でパンを焼いている訳ではないからそれでいい訳で、それで神戸にいる間は毎朝のパンが何とも旨かった。

それはバタも同様でパンはパンの匂いがし、バタ臭いという言い方を神戸のバタで思い出した。そのバタの匂いというのは結局は牛乳の匂いで昔はバタを食べ付けないものがこの匂いをバタ臭いと言ったのに違いないが、その点はこの頃東京で売っている無味無臭のバタだったならば昔の人間も苦労しなかったことと思われる。パンの匂いというのは小麦の匂いでどうかするとビイルが本当に大麦の匂いがするようなものである。そういう神戸にあるようなパンならば生でも旨くて焼いて神戸のバタを付けるとパンとバタというものの観念が変る。或は昔の観念に戻る。考えて見るとこの頃はパンと呼ばれてパンでないもの、又それと同じ伝で何かであることになっていてそれではないものが多過ぎるようである。例えば酒でない酒などというのは始終のことでそれで偶に神戸に行ってパンとバタにあり付き、飲む段になって神戸で神戸の酒を飲み出して漸く人間らしくなる。

東京の握り鮨

東京の名物というものが今日では殆どなくなって、もしあるとすれば握り鮨位なものである。或はもっとはっきり言って今ではこの鮨しかない。昔は例えば江戸前の料理というものが確かにあったが、そんなものや浅草海苔のことを思い出して見た所で姿を消したものは消したのだから仕方がない。それに東京が握り鮨を自慢にしていいのはこの町を一歩でも出ればもう味が違うからで握り鮨は関東でも東日本でもなくて東京のものである。或は江戸のものであって掘割さえもなくなった今日、鮨だけに江戸が残っている。

そう言えばその種《たね》の中でこはだは最も歴史が古い部類に属しているのだそうで、こはだは鮨の種の圧巻ではないにしてもこはだが旨い鮨屋の鮨は旨い。これはこはだではないが、その昔まだ東京に掘割が縦横に切られていた頃銀座の三原橋の傍に新富という鮨屋があって、これが鮪の赤い所と烏賊しか握らなかった。それも本ものの大握りの三口でも食べ切れない型の鮨で、その鮪の鮨や烏賊の鮨が一応こっちの鮨なるものの観念をなしていたことを思い出す。このこはだ、鮪、烏賊という辺りが江戸前の鮨の種というものではないかという気がして通人はひらめの縁側、生海老その他のことを言っても通人の味覚などというのが当てになるものではない。実に率直に鮪や烏賊やこはだ、これに加えてかんぱちや穴子はそのもの自体の味がする。それに酸っぱいというのは各種の味の中でも最も容易に識別出来るもので鮨の飯を作ってその上にその鮪だの烏賊だのを載せるというのは江戸の人間の智慧があってのことと納得出来る。

もともと江戸というのは田舎の町である。その歴史も江戸開府の時から今日までまだ四百年とたっていなくて更にその後に来た東京に至っては何れこれが町と言える程の個性を持つことになるか持たないうちに消えてなくなるかもはっきりしていない。そこにもし少しでも取るに足るものがあるならば、或は今日でもまだそれが色々あるとしてその根本をなすものは開府以前にあった関東の漁師の淳朴を都会であることに向う為の洗練が消化し切れずにこれと不思議な混り合い、綯《な》い交ぜをなした結果生じたように思われる。そういう田舎臭さが一つの伝統になった都会というものも考えられる筈であり、それがどんなものかを説明する一例に江戸の鮨の味がある。

京都の漬けもの

味噌漬けは東北に限るようであるが塩や糠《ぬか》を使っての各種の漬けものが京都位に多い場所は他にないかと思われて、そのどれもが旨い。併し例えば柴漬け、菜の花漬け、千枚漬けなどと挙げて行ってもその名のものを駅や所謂、名店街で売っているのがそれだと思ってはならない。こういうものはその一応の製法が解れば類似のものが先ずどこでも作れて、その本ものを知らない人間はそれでも釣れるのであるから名前だけは同じなのが日本国中に氾濫する結果になる。それならば京都の何という店のが本ものかということになるが、これは生憎解らない。或は段々解り難くなって来ていて京都に行ったらば自分が泊っている宿屋のおかみさんにでも頼んで取って貰うのに限る。流石に京都に住んでいる人達は知っている。

本場の京都の漬けものである以上そのうちのどれが一番旨いということはない。勿論例えば柴漬けと菜の花漬けでは材料とともに味も違うが、それは林檎と梨の味が違うのと同じで旨ければ林檎か梨かということはない筈である。京都の漬けものに共通の何よりの特徴はそのどれもが新鮮に感じられるということで菜の花漬けは文字通りに菜の花を塩漬けにしたもので生の菜の花を食べたことがなくてもこの漬けものでこれが菜の花の味だということが疑えなくなる。或は柴漬けはどういうものを漬けたのか、それが茄子《なす》のようでも茗荷《みょうが》のようでも、又蓼《たで》のようでもあって恐らくはそのどれもなのだろうが、そう思うのもその全部の味がするからである。又それだけではないのに違いなくて、こういう京都の漬けものをこうした味に仕立て上げるにはその製法ということで簡単には説明出来ない手立てがあるとともに長年の経験で定った材料の数々が漬けものに加えられているのでなければならない。併しその味とそれから序でに歯触りは単純に、或は見方によっては複雑にただそれだけの、そしてそれ以外にはないものになっている。

これも漬けものの一種であるから更に一つ足すと京都には桜の花の塩漬けがあって、それを湯に浮べて飲むと桜の花の匂いも味もする。例えばヨオロッパの漬けものと言えば食べものの中でも上等の部類に属していて滅多にあり付けるものではない。それだけ日本と比べて文明の歴史が浅いのであり、そこへ行くと京都は日本最古の町の一つである。

東北の味噌漬け

少くとも福島、新潟、山形の三県に亙って味噌漬けのものが確かに旨いのだからこれは東北地方全体に就て言えることなのだろうと思う。その中でも野菜の味噌漬けが殊にいい。これは味噌の問題に違いないのだから鮭などの味噌漬けもその場所で食べるならば旨いに決っているが、それでも野菜のが何よりも印象に残る。大概の野菜ならば味噌漬けになるらしいのは奈良漬けに似ていて酒飲みには奈良漬けの方が向いているようであってもこれは奈良漬けという言葉からの聯想による浅見に過ぎず、東北の野菜漬けを肴に飲めないならば少くともその飲み助の味覚がどうかしているのである。

先ず新鮮であるとでも言う他ない。恐らく実際に新鮮な野菜を漬けるのだろうが、それが芳香を放つ味噌に慣れて味噌でも野菜でもない別なものに変ったその味や歯触りが類を絶する意味で新鮮なのである。その中には随分凝ったものもあって例えば瓜を刳《く》り抜いて中に色々な野菜を刻んで詰めたのを漬けたのもあり、これは作り方が手が込んでいる点でも珍品であるが、もっと簡単にただ人参や大根を漬けただけのものでも旨い。どうしてこの味噌漬けが東北で発達したのだろうか。誰でもが思い付く理由はこの地方の冬が長くて味噌自体、又それで漬けたものその他の貯蔵食料が必要だったということであるが、これを食べていて頭に浮ぶものが東北の長い冬や雪や日本海の暗い色ではなくて日が差している春の野原であるのはこの味噌漬けにもこの地方の冬に堪えて生きている人達の念願が籠っているのだとでも思う他ない。これ程からりとした味はないのである。

大体旨いものを食べて旨いと思って暗い気持になるということはあり得ない。併しもし光と緑と温暖を望む心が食べものを作るのにも働くならば我々はその場合もその味に染み出た明るさを楽めばいいので、その心に人間をさせた生活の条件の暗さに目を向ける必要はない。もしこれを表と裏と呼ぶならば裏の方が本当だという見方にどれだけの意味があるのだろうか。東北の雪が降り続く間、囲炉裡を囲んでの無聊《ぶりよう》を凌ぐ為に作られたものにはその丹精に甲斐あらせるだけのものがある筈である。まだ外は雪でも茶受けに出されたものが囲炉裡の火の色に照応する。東北の味噌漬けはそういう味がするものなのである。

横浜中華街の点心

この横浜の中華街というのは昔の南京町のことで、その入り口に中華街と金文字で書いた牌楼《はいろう》風の門が立っているからこの名称に間違いはない。又それ故に横浜駅ででも降りて円タクに中華街と言えばもとの南京町のここまで連れて来てくれる筈である。又点心というのは要するに食事の時以外に食べるもの一切の総称であるようで、その中には焼売も肉饅頭その他各種の饅頭も菓子も入る。そしてここでこの町の点心を挙げたのはそれが殊の外旨いからであって、こうした支那のものが食べたい時にここで買ってその場で食べるなり持って帰るなりすれば無精をしないで横浜まで行って戻って来ただけのことはあるという気がする。勿論もっと本式の支那料理も旨いが、そういう大問題はこういうささやかな記事で扱う訳に行かない。

何というのか知らない点心で友達が或る店で買ってくれたのがあって、これは豚肉の代りに海老が入った焼売だと思っていた所が後で聞いたことによれば焼売とは少し違うということだった。確かに形も普通の焼売のではなくてよくヴィイナスが海から現れた時の絵でヴィイナスが乗っている貝殻の恰好をし、その表に付けられた幾本もの細い筋が思わせる通りに優雅な味がする。これは海老が海のものだということから誰かが考え付いた意匠なのだろうか。兎に角、貝殻の恰好をした薄い皮に包まれているのが淡味に作った海老の摺り身でその形も味もただ優雅ともう一度繰り返して言う他ない。支那の食べものにこんなものがあるとは知らなかった。勿論、支那の文明がこの程度のものを生じたとしてそれ自体は別に驚くに価することではないが、そうした前提が想像させるものが一つの新たな形を取って具体的に現れれば目を瞠《みは》る思いをするのも自然の成り行きで、この点心はそのうちに是非もう一度食べたいものと思っている。

焼売も横浜の中華街のは他所のと違う。もっと大振りで皮が薄くて、これはそれだけ中身が多く入っているということであり、その中身がやはり淡味でこれは北京料理の焼売だと考えたくなる。一体に焼売というのはここのがそうであるようにその皮が鉢、或はチュウリップの花の恰好になっていてそれに同じ皮の蓋が付いていると言った感じのが上等のようであるが、どんなものだろうか。ただ何か皮で丸めただけのものは東京にもある。

北海道の牛乳

牛乳は飲みものであるよりも食べものだろうと思う。その証拠に果物の汁の類は直ぐに飽きはしても満腹するということはないのに対して牛乳は旨ければ飽きない代りに一時に楽める量に限度があり、いつか子犬を飼っていた時に既に定量をやったことを忘れて又その分量だけやった所がそこは食慾旺盛だから全部飲みはしたが小さな布袋のようになった腹を上にして伸びてしまった。

もう一つ牛乳で思い出すことでこの話と関係があるのは、或る時外国人に日本で牛乳が飲めることは確かでも牛はどこにいるのかと聞かれたことで、その時返事が出来なかったのと同様に今でも牛が牧場で草を食べているのを関東のどこに行っても余り見ない。それが北海道に行くと違う。尤もこれは何年も前に北海道に一時凝っていたことがあって毎年夏になると行っていた頃の話であって今日のような時代になれば北海道の牛乳も今は昔のことになっているのかも知れない。石狩川は三年前までは鮭が水面を蔽って上って来たのに今は一匹も見えず、これは川岸に出来た製紙工場が水面を埋めて廃液を流し込む為だということである。

併し北海道に毎年出掛けて行ったその頃は北海道という土地の聯想に背かず鉄道の沿線にポプラの並木道で区切られた牧場が続き、そここに外国の写真で見るような牛が草を食べていた。それで牛乳が飲みたくなったのでは実はないが根室から旭川に行く汽車が十勝平野という典型的に北海道である草原を通っていた時、或る駅で牛乳を一本買ってその味が今でも忘れられない。これはただそれが鮮かに記憶に残っているだけで、それではその味はと聞かれてどう説明していいものか解らない。

そこから一歩下って、それならば我々はその頃から既に味も匂いもこくも何もなくてただ白くて表面に皮が出来ることから牛乳と判断する東京の牛乳を飲まされていたのだろうか。もしそうならばその十勝平野の駅で飲んだ牛乳はただ本ものの牛乳だったということに止るかもしれない。あの何とも口中に拡る香りがあって滋味と言う他ない味がするものが本ものの牛乳というものなのだろうか。それは丁度日暮れ頃のことだった。その時刻で牛乳のことを覚えているのではなくて、あの味のことを思うと時刻も目に映った景色も記憶に戻って来る。時々夢にまで見る。

信越線長岡駅の弁当

これは仮に弁当と書いたが実はこの駅で売っている食べものならば何でも食べるのに価する。そういう不思議な駅で、ここで降りたことは一度しかないのにも拘らず汽車がこの駅で止る毎に停車時間が一分位しかなくていつ汽車の戸が締るか解らない危険を冒して駅に立つのはそこへ通り掛った売り子を摑まえて何でもその売り子が売っているものを買って食べて見るのが楽みだからである。そう言えばこの頃は汽車が早くなったのは有難い代りに駅売りのものを買うのがどうかすると命掛けの早業に似て来たのは残念なことで、あれでは客の乗り降りにも不便ではないかと思う。これは新幹線は勿論のこと他所を走る急行でもそうであって、その為に食べものの方は車内でも売って歩いているというのならば駅で買うべきものを席から立ちもしないで手に入れるのは邪道で味も違うと返事したい。

長岡駅で最初に鱒の姿鮨というのを買ったのは偶然だった。富山の鱒鮨と違ってこれは小振りの鱒を二匹ばかりそのまま鮨に作ったものでその恰好の入れものに入っている。勿論これは駅売りのものであるから何もこれを食べなければ一生の損であるというようなものではないが、その味付けはさっぱりしていてその上に米の炊き方が親切で、そんな説明をするよりも要するに食べると旨い。或はこの辺はいい米が取れるので、この飯が旨いということはこの駅で売っている凡てのものに就て言えることでそれでここの幾種類かある弁当も、それからいつか買うことが出来た蟹鮨も先ずその点で最初の一口から惹かれる。その蟹鮨というのは蟹の肉をほぐして混ぜた一種のちらし鮨で、これもここの鱒鮨と同様に特別に面倒なことが言いたくなるのでなしに食べものにあり付いた感じにさせてくれる。又勿論この辺の米がいいという理由だけでこういうことの説明が付く訳ではない。

例えばいつか買ったサンドイッチは野菜を挟んだのにマヨネエズが掛けてあった。それが上等なマヨネエズとか何とかいうのでなくてそれだけの手間を掛ける用意があるということになりそうである。その同じ用意が各種の弁当のおかずにも見られて、それでそのおかず毎に食べて見るのが楽みになる。併し兎に角一分かそこらの停車で行き当りばったりに一種類のものを色々とある中から手に入れるのである。まだ何があるのか楽みである。

群馬県の豚

この群馬県には何かと縁があってその山に囲まれている部分の村や町を廻っているうちにこの県は豚がいいことが解った。尤もまだ豚を飼っているのを一度も見たことがないから平地のを持って来るのだろうと思われて、それに他に食べるものが余りないようだから豚だけになってそれが旨い感じがするということも考えられるが、もしそうであるならば飽きる筈であり、飽きる代りにいつまでたっても旨いのだからやはり豚がいいのである。これは材料の話をしているのだから豚をどうしたものというのでなくて群馬県ならば豚を使って何を作っても、それが豚汁でも豚カツでも生姜で焼いたのでもそれが出て来ると思えば食事が楽みになる。この県の山地はこの頃流行する観光の見地からすれば全く奇もないもので寧ろ荒涼たる部類に属し、その中で日が暮れ始めて豚汁の晩飯になれば今日も一日が充実して終ったという感じがする。

豚が旨い証拠にこの辺りの村にもある食堂のようなものに入って何か注文する時には一応の名物になっている蕎麦よりもここの豚肉を使ったチャシュウメン、或はカツどんを頼んだ方が報いられる。そのチャシュウメンのメンというのはどこかで大量に作られて日本中に送り出される支那蕎麦なのだから問題にならなくてもそれだけにどこでもと同じ味がして、これに群馬県の豚の肉が加って群馬県にしかないチャシュウメンが出来上る。いつだったか、或るバスの停留場の近くにある食堂でこれでビイルを飲んでいたらどういう廻り合せだったのか東京で公演したウィイン歌劇団の「フィガロの結婚」の全曲をラジオが放送し始めてこんなこともあるものかと自分が抓《つね》って見たくなった。そのチャシュウメンを肴にビイルというのは可笑しいと思うならばビイルを飲みながらチャシュウメンを食べていたと言い直してもいい。因みにこの辺の山地は湿度が少くてビイルが旨い。

又或る店で豚カツを頼んだら丼に飯を盛り、戸棚の引き出しに既に出来上った豚カツが沢山入っているのから幾切れか取って載せてくれた。それでも冷たくはなかったのは汁が熱くしてあったからだろうと思う。その上に豚カツの量を惜まずに幾切れでも載せてくれて、そのやり方でやはり旨かったのだから群馬県に豚が多くて肉が旨いことは確かである。

関西のおでん

その関西ではおでんのことを関東煮《かんとだき》と言っていることでもおでんがもとは関東のものだったことは明かで、そういう考証をしなくても確かに昔は東京におでん屋というものがあった。併し東京がどこのどういう性質の町か解らなくなり、そこに住む得体が知れない人間がおでんのような安くて旨いものを喜ばなくなった現在では歴史の上ではどうだろうとおでんを食べに関西まで行かなければならない。

そのおでんがどういうものか説明までしなければならないのだろうか。これが東京で全く食べられなくなった訳ではなくて見本だけでもというのならば一種の高級な料理屋のようなものになった所でまだおでんを出し、そこへ行けば解ることであるがこれは、という所まで来て袋だとかがんもだとか爆弾だとかというもののことを書き始めれば今はおでんがない、或はないのに近い関東で話が止ってしまうことに気が付いた。要するに色々なもののごった煮で関西では蒟蒻《こんにゃく》、蛸《たこ》、里芋、茹で卵などをこのおでん風に煮て売っていて旨い店が方々に、或は昔の東京と同じでどこにでもある。この食べものの性質からして、その点も今の東京と違って高級な料理屋のような店でやるものではなくて夜になって町を歩いていると葦簀《よしず》張りか何かの小さな殆ど屋台に近い店構えの所でこのおでんを煮ている。それが大きな銅壺で、その中のこれとかあれとか言うとそれを出して皿に載せてくれる。

そこはやはり味が淡い関西だけあって、この頃のように大阪辺りでばかりおでんを食べているとこういう醬油と砂糖を使ってと思われる煮ものも曾ての東京で食べていたのよりも旨いのではないかという気がする。その点に就ては実は江戸前料理というものがなくなった今日、関東の濃い味というのがただ濃いだけだったのかどうか記憶も薄れ掛けていてはっきりしないのであるが、そこの所はどうだろうと関西で銅壺から出して貰って食べる蛸の足や蒟蒻は旨いもので、おでん屋の主人が凝っていれば蒟蒻が別誂えの真っ黒でしゃきしゃきしたものだったりして何となく食いしんぼう冥利という風な感じがして来る。それにおでんは熱燗にした酒によく合い、関西は酒の本場である。もし何百円かで王者の気持になりたければ道頓堀にもおでん屋がある。

能登の岩海苔

この頃は東京を出てどこかに行く時にお土産に持って行けるものがなくなった。最後まで残っていたのが浅草海苔だったが、これが今はもう東京で取れなくなって他所で出来る海苔を浅草海苔の名称で売っていることは誰でも知っている。それならばその産地でそこの名を付けて売り出せばよさそうなものに思えてもそうも行かないらしくて、ここで挙げる能登の岩海苔は兎に角そういうものと違っている。いつか金沢にいる時にこれが能登の岩海苔というものだと言われて出されたのは海苔のようでも円い形をして黒よりも茶褐色に近いもので、これは海苔粗朶《そだ》で作ったりするのでなくて能登の海岸の岩に天然に付いた海苔をそのまま剝がして乾したものだということだった。それでその円い形も解って、又能登の荒海で取れた海藻を日に乾せばそういう茶色掛った色になるだろうという気がした。

その味を時々思い出す。先ずそれは海の匂いがして、こういうものは味と匂いが分けられるものではない。そしてその味と匂いが一緒になって能登の海岸というものを想像させせないで置かなかったのはその際に聞いた話のせいばかりだったのでもなさそうである。それは荒っぽくて強い一方、何か単純に食べものだという感じがして、ただそれだけであるのを茶人は侘びとか寂びとか言って珍重するのかも知れないが、ただ食べものであってその味がし、それが海の匂いもするというのは不思議な気分に人をさせるものである。もし西洋で言う通り貝殻を耳に当てると海の響がするのならば能登の岩海苔を一枚食べればそこに海があり、それが荒海であっても岩には日が差していることを思うのも難しくはない。又それには醬油を付ける必要もなくて海がある感じがする食べものは幾らもあるが、その多くがその他に何かと味がしたりして複雑なのに対してこの海苔の一枚にはただ海、或は能登の海岸があるだけである。尤もそれを単純と見るか複雑と考えるかは当人次第である。

昔はもっと多くの食べものがこういう風だったのではないかという気がする。例えば浅草海苔の味には海というようなことよりもこの海苔の味を作り出した江戸の文明があった。そのどっちを取るかというようなことは問題にならない。併しただ山を思わせる野鳥や川があるだけの海老も楽しい食べものである。

岩魚のこつ酒

石川県に鶴来《つるぎ》という町があってここは山に囲まれている中を川が流れ、その辺で取れる鳥獣、魚、山菜の料理が発達している。そこでいつだったか岩魚《いわな》のこつ酒というものを御馳走になったことがあった。そのこつ酒というのは石川県、或は加賀の国一帯に行われているもののようで、これは食べるのであるよりも飲むと言った方が寧ろ正確であるが要するに縁が高い大きな皿に魚を一匹塩焼きにしたのを入れてこれに熱い酒を注ぎ、これに一度火を付けて魚をほぐしてから中の酒を飲み廻すのである。それが金沢では鯛をよく使って、この方が皿ももっと大きくなり、そこに鯛が酒に浮いているのであるから味も全体の感じもずっと豪壮で何だか海を飲んでいる気がして来る。併しこのこつ酒が中に入れた魚でその味が決るのは勿論のことで鯛の代りに川魚の岩魚を使った鶴来でのこつ酒は圧倒されるのでなくてゆっくり楽めた。

海を飲んでいる感じになると言うと聞えがいいが、それは実際にそうする時と変らず覚悟することが必要であって、これは逆の見方をすれば気を呑まれることであり、飲み出せば確かに旨くても何か一口毎に又覚悟する仕儀になって忙《せわ》しない。所が岩魚は鯛よりもずっと優しい味がする魚で、もし例えば川魚の中で鮎よりも山女《やまめ》の方が味が濃厚ならば岩魚は丁度その間位になり、岩魚のこつ酒は酒を普通以上に利かせて岩魚で出しを取った吸いものというようなことになるからこれは飲み廻さなくても一人でいつまでも夢心地に誘われていられる。それには酒の力が手伝っていることは言うまでもないが、この岩魚というのは塩焼きにして酢醤油で食べる魚でその味が染み込んだ酒、或は寧ろ酒で溶かしたその味はただそれと付き合っているだけで時間がたって行く。一体に料理というのがどこの国のものでもそこで出来る酒を中心にそれと合せて工夫されるものであることをこのこつ酒というものは実にはっきり示していて、それで序でながら缶詰めや壜詰めというものの欠陥にも気付くことになる。

それだからこつ酒に入れる魚を鯛と岩魚の他にも考える余地がある。併し今までの所この二つしか出されたことがないのを見るとこれ以外は皆誰かが験して落第したのかも知れない。それにこれは確かに一種の料理であって蟹の甲羅に酒を注ぐのや河豚《ふぐ》の鰭《ひれ》酒のような酒を飲む為の工夫ではない。そうするとやはり岩魚であって、もう一度飲んで見たい。

長崎のカステラ

勿論これは東京にでもどこにでもあって、なお更それだから長崎のだと断らなければならない。もう何年も前に一度その長崎に行ったことがあって、その時にそこのカステラの工場に連れて行かれたので長崎のカステラの味を知っているのであるが、これがカステラというものなのだろうかと思った位それは味が淡くて歯触りが羽二重団子を食べているのに似ていた。それが西洋だとこの系統に属している菓子の上等なのは乾いた感じで口に入れるとそのまま溶ける具合になるのに対してカステラはその点が違っていてどこか粘るものがあるのがその特徴であるような気がする。これは餅菓子の餅の伝統がものを言っているのだろうか。併し長崎のは粘るのよりも如何にも柔くて味の淡さを楽ませるだけの所まで歯触りを少くしたと言った風である。

そして僅かばかり匂う。それが何の匂いなのかついに思い当らなかったが、これは旨いパンが小麦の匂いがするのでもなくて焦げ臭いのがごく微かになったのに一番似ている。凡てそういう風にあるかなしかに出来ていて、それで菓子という甘さの観念を伴ったものだという感じもせず、その工場のどこを見てもカステラの山が出来ているのも別に胸に閊《つか》える質の眺めではなかった。確かそこは湿気を防ぐ為に壁が石で、それを不衛生だとかいうので役所が煩さく言うとそこの人がこぼしていた。当然こういうものを焼くのは石の室の中でなければならないことが想像される。それで思い出したことは神戸で旨いパンを作るパン屋さんを覗いた時も石の窯で焼いていた。その後に長崎の役所が益々煩さく言って来たかどうか聞かないが、この頃でもまだ役所の人間が衛生というようなことを言っているのならば心臓であって埃をなくして空気も水も綺麗にというのはこっちの言い分である。

併しそのカステラの工場で本当に旨かったのはパンならば耳ということになるカステラの部分を切り落したのだった。あの茶色に焦げた所で、それが細く刻んだ恰好になって籠に盛ってあり、カステラの一番の味がその切り屑に集っている感じで幾らでも食べられたというのは、これはどうせ捨てるのだから勝手に食べさせてくれるという意味の他に実際に飽きずに幾らでも食べられた。こうなるとカステラが木の実に似て来る。それを袋に詰めて貰って来たが忽ちそれももうなかった。

（「読売新聞」一九七一年二月四日—十二月二十六日連載分より抄録）

酒宴

この間、銀座裏の「よし田」で、あすこの入り口に近く畳を敷いた所で飲んでいる時、机の向うに腰掛けていた円い中年男と何かと話を始めた。円いというのは、相手が円いと言う他ない感じの人だったからである。灘の大きな酒造会社の技師で、酒の鑑定の大家なので全国の酒の等級を決める審査員を頼まれて東京に出て来ているということだった。一日に八百何十種類かの酒を、ちょっと口に入れただけで又吐き出し、この酒はこくがないから二級酒、という風に決めて行く甚だつまらない酒の味い方で、それでこの円い男が「よし田」の酒を如何にも旨そうに飲んでいる訳が解った。八百何十回かお預けを食った後で飲む酒だから、「よし田」の菊正でなくとも旨い筈である。審査のことから始って、話は杜氏《とうじ》とか、仕込みとか、酒を作る話に移って行った。

この頃は昔のように杉の大樽ではなくて、琺瑯《ほうろう》引きの鉄のタンクで酒を作る。出来上るのが二月で、幾ら秘術を尽しても、酒は出来上るまでいい酒になるか、悪い酒になるか解らないから、その頃になると夜も安眠出来ないそうである。懐石料理の辻留の辻嘉一《かいち》氏によると、この頃はものの味が一万分の二まで科学的に測定される世の中だから、残りの一万分の一で勝負をしなければならないということで、科学が発達すると酒でも何でも、ことが面倒になるばかりだと思いながら（そして又、こういう文句を入れるのはちょっと横光さんの小説に似ている所があると得意になってこれを書きながら）、その円い技師と酒を飲んでいるうちに、大分酔って来てそのままでは別れ難くなった。

本当を言うと、酒飲みというのはいつまでも酒が飲んでいたいものなので、終電の時間だから止めるとか、原稿を書かなければならないから止めるなどというのは決して本心ではない。理想は、朝から飲み始めて翌朝まで飲み続けることなのだ、というのが常識で、自分の生活の営みを含めた世界の動きはその間どうなるかと心配するものがあるならば、世界の動きだの生活の営みはその間止っていればいいのである。庭の石が朝日を浴びているのを眺めて飲み、それが真昼の太陽に変って少し縁側から中に入って暑さを避け、やがて日がかげって庭が夕方の色の中に沈み、月が出て、再び縁側に戻って月に照らされた庭に向って飲み、そうこうしているうちに、盃を上げた拍子に空が白み掛っているのに気付き、又庭の石が朝日を浴びる時が来て、「夜になったり、朝になったり、忙しいもんだね、」と相手に言うのが、酒を飲むということであるのを酒飲みは皆忘れ兼ねている。

それでその晩も、「よし田」のおかみさんが眠そうな顔をし始めたので、もう一軒どこかに行こうということになって技師と二人で店を出た。銀座のように飲む場所が多い所は世界にそうないと思うのだが、その時も経験した通り、だから飲むのに不自由しないということにはならない。銀座で飲む場所の非常に多くはバアであって、バアというのは飲まない人間が考えている程入り易い所ではないのである。第一、我々銘々に体が一つしかなくて、財布が、千円札を一枚出すと又一枚が自然に湧いて来て空いた場所に納るという仕掛けになっていない以上、その多くのバアは大部分、前に行ったことがなくて、そういうのに入ると、この頃はバアの経営者達がそれ程裕福な夢に耽っている訳ではないから、新しい客を常連に変えたい一心でマダムを始め寄ってたかってちやほやする。或は、一段と高級な方面から攻めて掛ろうとして、「どう、このシックなデコオルは、」などと面倒なことを言うものだから、酒を飲むのが目的なのか、それとも高級にちやほやされに来たのか解らなくなる。

それなら、馴染みのバアに行けばよさそうなものであるが、それならそれで色々と障碍がある。借金が大分溜っているということもあるし（例えば、去年のクリスマスに空けたシャンパン三本の代金)、それから馴染みのバアには馴染みの女の子がいるのが普通で、これも酒をゆっくり楽むのに妨げになる。実際、考えて見ると銀座式の、或は日本的なバアの仕組みというのは矛盾しているので、女の子が主ならばその女の子が近寄り難く出来過ぎているし、酒が主ならば女の子がいてチップを上げなければならないというのは意味をなさない。尤も、飛行機にも顔を見て声が聞けるだけのエアガアルというものがあるのだから、我々がバアに行くのも何となくそういう気持になる為に違いなくて、要するに、酒を飲むのは二の次なのである。

併しまだあるので、バアに置いてあるのは洋酒であり、日本酒も大概はあるが、バアで日本酒を飲むの程寒々とした感じがするものはない。何か日本酒というものは、畳だとか、縁側だとか、月の光だとか虫の音とかと結び付くものを含んでいるのではないだろうか。ガス・ストウブをつけた部屋で皮張りの椅子に腰を降し、花売りに、いらない、いらない、などと言っている時に日本酒を飲むと、急に胸が悪くなって来ることがある。大体、日本酒というのは洋酒と比べて決して飲みいいものではなくて、それが畳の上に坐って虫の音が聞えて来たりすると体質に変化が起り、却ってウイスキイ辺りのものが口の中に火を入れたように感じられるらしいのである。そして何れにしても、折角体の調子が日本酒に合っている時に途中から洋酒に切り換えて、いい気持になっている体を慌てさせる手はない。所が、その日本酒を飲ませる専門の飲み屋が、銀座には実に少いのである。

併しこれは銀座で飲む場所を主題にした軽評論ではないので、酒の審査で東京には度々来ている灘の技師とそういう話をしながら、その晩、無数のバアの前を通り過ぎて行った。「よし田」から松屋の裏の「岡田」に行こうかとも思ったのだが、その時間にはもう締っている筈だった。電車通りを向う側に渡って、その昔、河が流れていた所まで行けば、「はせ川」があった。併しその時我々は尾張町の交叉点の所にいて、「はせ川」まで円タクで行くのにには近過ぎたし、歩いて行くのにには遠過ぎた。それに、「はせ川」にしても午前一時までやっているかどうか、疑問だった。

ああでもない、こうでもないとやっているうちに、円い技師が、それでは自分が知っている所に案内しようと言って、我々は円タクに乗った。酒の用で東京に時々出て来ていれば、自然と飲み屋に詳しくなっても不思議ではないが、その晩、この技師に連れて行かれた所は大体の方角が解っただけで、それ切りになっている。何度その辺まで行っても見当らず、廻りの景色はその晩の通りなので、なお更じれったいのだが、探してもないのだから仕方がない。車は東京駅の八重洲口の前に出来上った大丸の近くで止ったようだった。それから先は車が入らないというので、降りて技師に案内されて歩いて行くと、場所は確かに八重洲口と電車通りの間で、誂え向きに月が泥や木の切れ端を照していた。大丸の地下室に降りて行ったとも考えられるが、そんな時間にどこかの入り口が開いている筈はなくて、確かなのはどこかの地下室に降りて行ったということだけである。

木の椅子に卓子で、何の変哲もない、それに余り大きくもない部屋だった。その方がいいので、酒以外のことに趣向が凝してあるだけ酒を飲む時には無駄である。尤も、昔の「はせ川」は窓の外が河で、日が暮れる頃に行くと夕日が向う岸に並んでいるトタン板の壁の倉庫に差して奇妙な色に光り、出雲橋を新橋の方に行く人力が何台も通って、そういう景色を眺めているのが酒の肴になった。併し「はせ川」の主人はそんなことまで勘定に入れてあすこに店を出した訳ではないだろうと思う。「はせ川」から出雲橋とは逆にどこまでも歩いて行くと、昔の文藝春秋社があった大阪ビルの脇に出るようになっていたが、これも偶然にそういうことになったのに違いない。尾張町の千疋屋の裏にあった頃の昔の「岡田」も、入ると直ぐ左が料理場で、右に長い卓子が一つ置いてあるのに、もし席が空いていればいいし、なければつまり、満員なのだった。その代り、左側から立ち昇る湯気と、右側の卓子に並んだお客さん達のお銚子の威容で、入るなり酔った気分になったものだった。この趣向にしても、わざとそうした訳ではなくて、場所が狭いのでそういう風にする他なかったのである。

技師が連れて行ってくれた飲み屋は、つまりそういう風に、自然にそうなった感じがする店だった。そのもう一つの例を思い出したから序でに書いて置くと、これは飲み屋ではなくてバアであるが、銀座の「エスポアール」という店があれだけ感じがいいのも、昔のバアそのままに、ただ必要に応じて椅子や卓子を置いただけなのが、如何にもどこか空き家になっている洋館の応接間に忍び込んだら、そこにウイスキイにグラスまで付けて出してあったという具合に寛げるからなのである。シックなデコオルや文化的な雰囲気などというものを追い始めると碌なことはない。極く当り前なことがこの地上から、或は少くとも日本から去りつつあって、それで幸福になった人間がいたらお目に掛りたいものである。

それで、技師に案内されたのは「よし田」と「岡田」と「はせ川」と「エスポアール」を突き混ぜたような、それだけに何の飾り気もない店だったが、酒は極上のものばかりだった。酒の種類が途中で何度か変ったようで、それがいい酒ばかりだったのである。何と何が出たか断言は出来なくても、その時の記憶から思い付いたまま書いて見ると、菊正という酒はどこか開き直った、さよう、然らば風の所があって寝転んでなどは飲めないが、こっちもその積りで正坐して付き合っていれば味は柾目《まさめ》が通っていて、酔い心地も却って頭を冴えさせるのに近いものだから、先ずは見事な酒である。これに比べると、酒田の初孫という酒はもっと軟かに出来ていて、味も淡々として君子の交りに似たものがあり、それでいて飲んでいるうちに何だかお風呂に入っているような気持になって来る。自分の廻りにあるものはお膳でも、火鉢でも、手を突き出せば向うまで通りそうに思われて、その自分までが空気と同じく四方に拡る感じになり、それが酔い潰れたのではなしに、春風が吹いて来るのと一つになった酔い心地なのである。

酒田から少し離れた新潟の今代司という酒は、これはもっときついものがあって、講演旅行に出掛けて四日目位になり、種も尽きて、今日はどうにも話をするのは御免蒙りたいというような時にこれを飲むと、不思議に心が引き締り、講演会の肝入りをやっている人に、二十分話せと言われれば二十分話し、三十分と言われれば三十分話す。そして講演を終って又これを飲めば、温く迎えていい気持に酔わせてくれるのだから、どこか老舗の、何もかも心得た家付きの古女房の風情がある。やはりこの方面をもう少し北に行った所では爛漫という酒を作っていて、これは口に入れると淡雪が溶けたような味がする。技師と飲んだ晩、この爛漫も出たかどうか解らないが、口の中に入れると淡雪のように溶けて行く酒は確かにあった。

広島の千福という酒は、極上のものは何よりも誰か恰幅がいい男が黒羽二重の紋服を着て、主人の席に納った所を思わせる。その感じがゆったりしているからこっちもゆったりし、酒の旨さが重さとなって舌に来て、全身が落ち着いてじっくりと酒と取り組む気持になる。もう一つ、地下室の店でその晩出た酒で思い出したのがあって、それは佐渡ヶ島の何とかいう村で作っている勇駒というのだったが、これは考えただけで武者振いするような名品で、その晩もそれらしいものがあった時には涙で眼の前がぼっと霞んだのを確かに覚えている。「私達は全国から来ていますから、」と技師が言った。酒の審査には全国からその道の専門家が集って来るという意味だったのだと思う。

この辺で、その晩の肴にも触れて置かなければならない。酒の肴というのは、味がどうとかいうようなことは二の次で、手間を掛けずに口に入れられるというのが第一条件である。だから塩でも、味噌でも肴になるし、その晩、鰻の佃煮というのを始めて食べたが、これなどは旨いし、都合がいい。蒲焼は味の点では肴になっても、ちぎったり何かしなければならないから、酒の方が進むうちについ億劫になり、やがて忘れてしまって、気が付いた時には冷えている。このわたも、なかなか手際よく切れないからこれも駄目。刺身などは簡単でよさそうであるが、これも一切れ取ってから醤油に一度漬けて、それから口に持って行くのがしまいに面倒になり、刺身の錠剤が出来ていたらさぞいいだろうと思ったりする。併し河豚だけは何とも旨いから別で、その晩もそういう飾らない作りの店にしては珍しく立派な大皿に、河豚の刺身が小波も同様に一面に拡っていたのを、技師と二人で造作もなく平げた。

それから鰯《いわし》をどういう風に料理したのか、最初に焼いて、辛味に煮たらしいのがあり、これは指で摘《つま》んでも口に入れられるからいい肴だった。鮒《ふな》鮨もあった。これも時々齧って置くと体力が増して、一升飲んだ酒が五合位に減った感じがするから快適である。これはこの店で始めてお目に掛ったのではないので、或る外国人に食べさせたらチイズのようだと言ったが、確かに上等のチイズの味がする。又何度か、色々な汁椀が運ばれて来たことも書いて置かなければならない。汁は酒と同じでただ飲めばいいのだから、これ以上に簡単なものはなくて、酒を飲んでいると何となく水っぽいのが欲しくなるのに丁度合っている。白味噌に蕪を煮たのを浮かせて辛子を落したのがあって、特に記憶に残っている。それから鰆《さわら》を焼いたのが出て、これは箸で触ると一口に割れる芽出たい出来映えだった。

そういう料理の合間にお銚子のお代りが絶えず運ばれて、それが菊正の味だったり、爛漫の味だったりした。不思議に給仕する人達がどんな恰好をしていたかを覚えていない。ヴィクトリア時代の英国の家庭では、子供は見えていても聞えないというのが躾けがいい子供の特色に考えられていたが、酒の給仕をするものは、見えていても見えないのが理想である。技師と二人で、月夜に花の下で飲んでいるのも同じことだった。

まだこの技師が、灘の何という酒を作っている所の技師か書かなかったが、これはこの際、どうでもいいことのように思われる。既にその技師に案内された店には、何の酒にも味が変るらしい酒が備えてあって、それを飲んでいれば菊正でもあり、白鹿でもあり、会津の花春でもあり、何ででもあったから、菊正も白鹿もあったものではなかった。少しも眠くはなかった。いい酒というのは、そういうものである。疲れは酒で直るから、眠る必要はないということになるらしい。ただ残念だったのは店が地下室なので、久し振りに窓が白むのが見えなかったことである。飲んだり、食べたりしたことばかりで、技師とどんな話をしたか書かないのは片手落ちかも知れないが、その逆の、話ばかり出て来てその話をした人間が何を食べて、それがどんなだったかを省略した小説の方が多い現在、そのことを不満に思う読者もかなりいるに違いない。そういう読者は、これを読んで堪能して戴きたい。まだまだ続くのである。

要するに、技師との話の結論だけを言うと、酒の審査も前日で終って（これはもうその翌朝になっていた）、これから灘に帰るから、序でに一緒に行って会社の工場を見学しないかということなので、そうすることに決めた。随分のんき気な話のようであるが、その日は技師と別れたら又飲む積りでいたから、灘まで行って飲めればその方がよかったのである。「つばめ」に揺られての半日は面倒だから略す。それに、幾ら酒が上等でも、十二時間を越して飲むのを止めると酔いが出て来て、大阪に着くまで眠りに眠った。そして技師が体中を廻って、悪い所を直してくれている夢を見た。大阪で降りると、技師はそこの重役位に偉い人間なので車が迎えに来ていて、それが灘に向った（灘のどこということも、ここで書く必要はなさそうである）。

重役位に偉い技師が会社に戻って来れば、他の重役、部長、課長というようなのがずらっと出迎えて、「御苦労さん、」とか何とかいう意味の関西弁で挨拶し、技師が客に連れて来た人間も重役のお客さん並に扱って貰える。大きな応接間に通されて、酒を作る色んな苦心談を聞かされた。西ノ宮という所には前史時代に出来た貝殻の厚い層があって、それを潜って湧き出た井戸の水が昔から、酒を作るのに一番いいとされているから、現在でもそこの井戸から毎日トラックで水を運んでいるということだった（そうすると、この工場は灘でも、西ノ宮にはないことが解り、そんなことから実相がばれるだろうか。併しこれはばれっこがない話なのである）。その水の話を聞いて、恐らくそれは水としても清涼な味がするのだろうと思った。ハイボオルに入れる水は西ノ宮のに限ると言って、わざわざ客車便で取り寄せたらどうだろう。そんなことからそろそろ又飲みたくなって来て、それでは御案内しましょう、ということになって喜んで立ち上った。

現代の酒を作る工場は恐しく衛生的で、科学的なものであり、匂いさえしなければ、初めは何を作っている所なのか解らない。前に書いた通り、琺瑯引きのタンクが風通しがいい倉庫のような所にずらりと並んでいて、それが七石入り位なのから四十石入り、七十石入りなどという大柄のまであったと記憶している。これに上からコオル・タアルを入れると下から染料が出て来るのです、と言われても、そうかと思うような厳めしさだったが、匂いはごまかせなかった。実にいい匂いだった。その日は晴れていて、漲《みなぎ》る酒気を通して眺める青空は一層青く輝き、その空がガラス張りの天井から眺められた。麴をどうとかする部屋だとか、米を蒸す桁外れに大きな釜だとか、西ノ宮の水が落ちて来るパイプだとかがあったが、工場の焦点は何と言っても、ずらりと並んだタンクにあった。利き酒というのをさせられて、紺の線が入った大きな茶碗が、タンクと比べて料理屋の盃位にしか見えなかった。タンクが一つ歩いて来て、自分の中から一杯注いでくれた所を想像すればいい。

見学が終って、自動車に乗せられた。どこか宿屋にでも連れて行ってくれるのだろうと思っているうちに、何だか前に来たことがあるような町に来て、聞いて見るとそれが神戸だった。湊川神社に参拝して、その時に廻りでごっぽんごっぽん音がするのが聞えた気がしたのは境内に積み上げられている酒樽の山からの聯想だったに違いない。毎年、年の暮か何かに本当に酒が入った酒樽をそうして積み上げて、中身を氏子その他に分けてから空の樽をもとのまま積んで置くのだそうである。トラックのように大きな自動車が又動き出して、今度は料理屋らしい構えの家の前で止った。「よし田」だの、「岡田」だのと、本名ばかり並べて来たのだから、ここでも本当の名前を言うことにして、それは「しる一」という料理屋だった。階下に水族館があって、鯛や海老や、その他色々な魚が泳ぎ廻っているのを、あの意地悪そうな顔をした河豚を料理してくれと名指しで頼むと、それがちりになったり何かして出て来るという趣向である。

それから二階で宴会が始った。見学させてくれた後で御馳走するというのは至れり尽せりで、これはその筋の役人だとか、大口の得意とか、そういうのが来た時の接待の方式なのだそうだが、余り毎日それがあるので、今度も序でにそれでやってしまえということになったものらしい。それで、毎日そのような宴会で一升、二升といやでも飲まされている灘切っての猛者連に囲まれて坐った。「しる一」は一流の料理屋だから、立派な料理が入れ代り立ち代り卓子の上に並べられたが、遠く関東の故郷を離れてテルモピレエの天険を孤守する身になって見れば、料理の味などにはもう構っていられなかった。こうなれば意地だという考えも、このような場合には通用しない。意地になって飲めば、所定の時間よりも二時間も三時間も早く酔い潰れてしまうだけだからである。そう思うと、変に頭が冴え返って来て、せめて合理的な限度まで飲んで潰れれば面目が立つだろうという考えが浮んだ。

こういう宴会では献酬ということをやる。我々が友達同士で飲む時はそういう手間が掛ることはしなくて、思い出しては相手の盃にこっちのお銚子から注ぐ位なものであるが、献酬は自分の盃を相手の所に持って行って注いで貰って飲んで、空になった所をこっちから注いで返すのである。この時の献酬は壮烈なものだった。注いで返したと思うと又空になって戻って来て、又注がれたのを又乾さなければならない。どうかすると、自分の前に一杯になった盃が五つも六つも並んで、一つ片付ければ又一つ殖えた。寄せては返す波に洗われているようなもので、そして波の方は何れも愉快そうに雑談しながら、盃が並ぶ間もあせらず献酬し、こっちに向って又献酬して来るのだった。毎日、一升や二升は平げている連中なのだかち当り前で、それを通り越して何か、今見て来たばかりの工場の四十石入りや七十石入りのタンクが盃のやり取りをしている所を思わせるものがあった。事実、廻りで酒を飲んでいるのはその四十石入りや七十石入りのタンクなのだった。

普通に考えれば錯覚でなければならないことが眼の前で起るというのは、如何にも奇妙な気持がするものである。併し理性にとっての最後の拠点は感覚であって、理性と感覚が一致しない場合は我々が我々の感覚に従うことは、夢を見ている時の我々の心理状態からも解る。場所は確かに神戸の「しる一」の二階で、まだ空に残っている太陽の光が差しているそこの座敷に青や緑のペンキで塗った大きなタンクが集り、互いに注いだり注がれたりするのが一通りすむと、にゅっと盃をこっちの方にも突き出して、注ぐのを催促した。子供の頃の絵本に、猿蟹合戦の話で臼が手や足を生やして猿をのしている絵があったものだが、その要領で十ばかりのタンクが胡坐《あぐら》をかいたり、お銚子を取り上げたりしていた。そのタンクに取り巻かれている自分の右側にいるのが四十石さん、左側が七十石さんだった。向うに、膝の上に手を置いて行儀よく坐っている七石さんは、胴の真中辺の膨み方から女であることが解った。

七石さんは座を取り持つのが上手で、途中で下から三味線を持って来て小唄を幾つか歌った。それから別な七石さんに三味線を弾かせて舞った。何という踊りか解らなかったが、二日酔いで頭痛がする所で額をこつこつと叩いて見せる所など、後でその隣に行って坐りたくなる程色気があった。七石さんのそういう芸に刺戟されて、今度は四十石さんが立ち上って杜氏の歌を聞かせてくれた。これは米の歌であり、酒の歌であって、四十石さんが発散する酒気が歌になって部屋中に拡り、他の七十石さんや五十石さん達がこれと声を合せて歌うと、天井から塵が落ちて来て舞った。酒が酒の歌を歌う程豪壮なものはない。

タンクの群の飲み振りは、中身を何百という四斗樽に開けて、空になって飲みに来たとしか思えなかった。それがどれも、料理屋の小さな盃で飲んでいるのは、楽しみを長持ちさせる為なのか、人間の酒飲みに対する礼節なのか、何か神妙で、なかなかよかった。併しそれにしても、相手の正体が解った上は、その酒量のことを思っただけで気が遠くなりそうだった。小柄な七石さんでも、充分という所まで行くのに七石は飲んで、四十石さん、七十石さんになれば、その晩のうちに少しは酔うということなど考えられなかった。

「お強いですな、」と歌い終って席に戻った四十石さんが、酌をしながら言ってくれて、酒を飲む苦しさが胸にこみ上げて来た。併しそんなのは気分の問題に過ぎないということをこういう時はよく頭に入れて、決して負けてはならない。喉まで戻って来た酒が、潮が引くようにもとの場所に納って、それからは事情が違って来た。盃も前よりは大きくて、両手で捧げて丁度いい位になり、お銚子は昔、二リットル入りとかのビイル壜というものがあったが、その位の大きさだった。こうなると、酒はもう飲むというものではなくて、酒の海の中を泳ぎ廻っている感じである。海は広くても、それが飲み乾せるし、又飲み乾したいと思う所に、普通の海と酒の海の違いがあるのだろうか。海はどこまでも拡っていて、減った分だけ又自然に湧いて来るから、飲み乾したくて飲む喜びは無限に続き、タンクが幾つあっても足りることではない。四十石さんだって、酒に溺れてぶかぶか浮くことがある訳である。

併しまだ誰もそんな所まで来ているとは見えなかった。ドラム缶を数倍大きくした四十石さんや七十石さんの図体に酒が流し込まれて、盆位の大きさの盃に二リットル壜大のお銚子から又酒が注がれた。四十石さん達の口から入った酒は中の空洞に響いて落ちて行き、こっちが飲む酒は体のどこともなく吸い込まれて行った。何十石というタンクに落ちる酒の音を聞いていると、益々飲みたくなるばかりで、もうテルモピレエのレオニダスではなくて蒙古の平原を大軍を率いて疾駆するジンギスカンだった。左翼は満洲を蹂躙《じゅうりん》し、右翼はインドに侵入して、その中央を黒馬に金襴の鞍を置いて進んで行った。北京は間近で、それよりも、こう飲んでいて酒が続くかどうかが心配だった。右側の四十石さんと、左側の七十石さんに流れ込む酒の音が前よりも鈍って来たようで、それならば自分の分位はどうにかあるだろうと、さもしいことを考えた。

酒もその段階まで来ると、味と香りにどこまでも浸りたくて、どんちゃん騒ぎなどもうやらなくなるものである。話もぽつりぽつりになる。酒に浮かれて踊りでも何でもないものを踊っている男など見ると、アルコオル・ランプに火をつけた玩具の機関車が訳もなしに走り廻っているという風な、どこか味気ない感じがするものであるが、その夜、我々は粛然と卓子を取り巻いて、ただ飲みに飲んだ。皆、体が大きいので、一種の壮観だった。酒がてっぺんの方まで来たのか、落ちる音が余りしなくなって、それでこっちも四十石さん達と対等になった感じがした。一杯になった七石さんが漸く酔って来たらしくて、又三味線を取り上げて爪弾きで何か低い声で歌っているのが、兎に角、七石さんだけは征服することが出来たことを思わせた。そのうちに、左側の四十石さんが横になって、微かな鼾《いびき》を立て始めた。

七十石さんも横になった。七石さんと、それからまだ起きていた三十石入りと五十石入りが寄って来てお酌をしてくれた。もう七石さんが、

「お強いのね、」と言っても、胸が悪くなったりなどしなくて、七石さんを空にすればまだ七石飲めるのにと思う余裕さえ出来ていた。併しそれにしても、どんなに大きな料理屋の座敷だろうと、何十尺もの高さがあるものが方々に横倒しになっては、いる所がなくなる筈だということに気が付いて、我々がいつの間にか場所を変えて山の上の草原に出ていることが解った。大きなタンクが立ったり、倒れ掛って岩に支えられたりしていて、自分はそれを取

り巻いて神戸からその後の連山まで伸びている途方もなく大きな蛇になっていた。その尾は神戸の港に浸り、頭は御影《みかげ》から又戻って来て顎をタンクの群の傍に置いて、眼はまだ半ば開けていた。その晩も月が出ていて、ガス・タンク程もある胴体の銀鱗が月の光を反射して所々に大きな水溜りのような斑点を作っていた。そして神戸の町では消防自動車や救急車がサイレンを鳴らして行き来し、自衛隊の戦車を先頭に立てて松明をかざした一隊が、麓の方からこっちに登って来るのが見えた。

この最後の所は、歌舞伎で多勢の役者が派手な衣裳を着けて、天狗が捕手《とりて》を踏み付けたり、お姫様が懐剣を抜いたりして見得を切っている前を、幕を引いて行くようなもので、その次には「直侍《なおざむらい》」だとか、「寺小屋」だとか、何か全然別なものをやるから、天狗やお姫様がそれからどうなったかは一向に解らないが、そのことで誰も文句を言うものはない。この作品もそういうことにして置いて貰いたいものである。

（「文藝」一九五五年二月号）

友だち――解説に代えて

中村光夫

人を友達と見ることは、その人をかけがえのない知人と意識することでしょう。友達はめったにいないと僕等が考えるのもそのためです。

かけがえのない人間がやたらにいたら、それはもうかけがえのない人ではなくなります。友達ができるのは、多くの場合、偶然の結果です。学校とか会社その他の特殊な環境が、我々が友人をつくるのに有力な温床であるのはたしかであるにしろ、そこへ僕等が友人をつくるために這入るのでないことも事実です。

社会のなかに、それぞれ別箇の社会をつくるこれらの集団は、めいめい自己の目的を持っているので、僕らがそこに加わるのは（友人を得るとは別な）それを達成するためであり、友人を得ることなど、さしあたり、念頭にないのが、普通です。

しかしそこで或る期間団体生活をすることが、友人を得るもっとも有力な手段であることもたしかです。

友情と恋愛との違いは、よく論じられますが、ここに両者のあいだの、根本的な違いがあると云えましょう。すなわち恋愛が、求めて出来るものであるのと違って、友情は得ようと思って得られるものではありません。

ほかの何かを得ようとして、全力を注いでいるとき、偶然の力で生れる、ここに友情の——とくに恋愛とくらべた場合の——大きな特色があるといえましょう。

恋愛が成立するのに、僕らは必ずしも相手を知る必要はありません。容貌、声音などを始め、その肉体の何らかの特色が、僕らの感覚を惹きつける要素を持てば恋愛は成立します。

恋愛が成立したあとで、相手の品性が自分を満足させないのに苦しむ例は、男の場合にも女の場合にもよく見かけますが、こういう悲劇は友情の場合にはおこり得ないのです。

友情が成り立つにはお互に相手の気持を生活や仕事を通じて知り合うことが前提なので、お互の内面の価値を認めあわなければ、友情がなり立つ筈はないのです。

友情が恋愛よりさらに成りたちにくいのはこのためです。

社会生活の上でも、夫の友人はしばしば結婚の対象である妻君——身を捧げ、子を生み、家を守って行く女性——より、重んじられることがあります。

彼と友人たちとの「つきあい」はその家庭を守る女性たちにも、犯すべからざる別世界でした。

このような風俗が、我国でも明治時代から、昭和の初めごろまで続きました。男色が重んじられたとか、男性の道楽を擁護したのではなく、男の世界に独立の性格をみとめることが家庭の支配者たる妻君の知慧であったのです。

文学の世界でも、男の友情に独立の価値をみとめる国と、女性の家庭を通じての男性支配に絶対権をみとめる国とは、長い伝統でわかれているので、例えばイギリスが男性の国とすると、フランスは女性が社会の支配権を握る国といえましょう。

吉田健一はフランス文学にもよく通じていましたが、彼の実体をつくりあげた国はイギリスでしょう。したがって、彼の文学の主要な対象になった情熱は友情であり、恋愛は彼の主要な作品の主要なテーマになったことはなかったのです。

日本文学が西洋からうけた最大の影響は恋愛解放の理念だと谷崎潤一郎が喝破して以来、この思想は一般にみとめられていますが、吉田にとって「西洋」の中心をなしたのは、イギリスであり、彼が理想とした人間の典型はイギリス紳士でした。

前記の谷崎の言葉は、日本の文学については真実であり、恋愛解放の主張の先頭に立ったのは自然主義でしたが、吉田にとってこの「肉の人」の告白は、何の興味も呼びませんでした。

彼にとって人生の荒野を歩きながら血を通わせあえる相手はみな友達であり、これらの人々と語り合う言葉だけが文学なのです。かけがえのない言葉が文学であるのは、彼にはあたり前のことでしょう。

年譜

明治四十五年・大正元年(一九一二)

三月二十七日、外交官吉田茂の長男として東京千駄ヶ谷に生れる。母は牧野伸顕の長女雪子。ほかに桜子(吉田)、和子(麻生)、正男の四人兄妹である。

大正七年(一九一八)　六歳

四月、学習院初等科に入学。但し一学期で退学。父茂、中国済南に着任。家族も同行して青島に住む。

大正八年(一九一九)　七歳

父茂、パリに着任。家族もパリに向う。

大正九年(一九二〇)　八歳

父茂、ロンドンに着任。家族もロンドンへ行き、一時クロウ・バラに住む。テムズ河の南、ストレタム・ヒルの小学校に通う。

大正十一年(一九二二)　十歳

父茂、天津着任。これに従って天津に住み、イギリス人小学校に通う。小学校時代、長田幹彦訳アンデルセン童話集に感動。

大正十四年(一九二五)　十三歳

帰国。暁星中学校二年に編入。

昭和五年(一九三〇)　十八歳

三月、暁星中学校卒業。スティヴンソン『旅は驢馬を連れて』に刺激されて、友人楡井清と東海道を奈良まで自転車旅行。留学のためイギリスに向う。当時は橋梁設計を夢見ていた。秋、ケンブリッジ大学のキングス・カレッジに入る。プラトン学者G・ロウェス・ディッキンソンに師事し英文学者F・L・ルカスをsupervisorとしてその指導を受ける。冬休みにパリへ行き、ボードレールの名を知る。

昭和六年(一九三一)　十九歳

ケンブリッジ大学退学。帰国。現在の世田谷区桜新町に住む。遠戚の伊集院清三を通じて河上徹太郎を知る。

昭和十年(一九三五)　二十三歳

六月、アテネ・フランセを、中等科、高等科、ギリシア語、ラテン語のクラスを経て卒業。十月、ポオ『覚書（マルジナリア）』を芝書店より刊行。

昭和十一年（一九三六）　二十四歳

七月、アンドレ・シュアレス「独裁政治と独裁者」、九月、ジャン・グルニエ「正統派の時代」を「文学界」に訳載。

昭和十二年（一九三七）　二十五歳

世田谷区北沢二丁目九二四番地に移り住み、近所の横光利一をしばしば訪れる。夏、中村光夫と知り合う。

昭和十三年（一九三八）　二十六歳

三月、アンドレ・ジイド「日記　一九三七年」、六、七月、ヴァレリイ「ドガに就て」を「文学界」に訳載。

昭和十四年（一九三九）　二十七歳

一月「ラフォルグ論」を「文学界」に発表。六月、ヴァレリイ『精神の政治学』を創元社より刊行。八月、伊藤信吉、西村孝次、山本健吉、中村光夫らと「批評」を創刊し、創刊号にボードレール「秋の歌」を訳載、「ハックスレイに就て」を発表する。

昭和十五年（一九四〇）　二十八歳

四月より「批評」の編集を担当。十月、ヴァレリイ『ドガに就て』を筑摩書房より刊行。十一月「ヴァレリイ論」を「批評」に連載（翌年一月完結）。

昭和十六年（一九四一）　二十九歳

三月、リットン・ストレエチェイ「高僧マンニング伝」を「批評」に訳載（十一月完結）。五月、大島信子と結婚。奈良へ行き、中学生の頃からの情熱の対象であった仏像や壁画を見てまわる。これ以後、昭和十九年まで毎年藤の花の咲く頃奈良へ出かけて田舎道を歩きまわった。六月「近代の東洋的性格に就て」を「新潮」に発表。十月、母雪子死す。

昭和十七年（一九四二）　三十歳

七月「ボオドレエルの詩」を「批評」に発表。九月、長男健介出生。十二月「森鷗外論」を「文学界」に発表。

昭和十八年（一九四三）　三十一歳

二月、小石川区小日向台町一丁目二十八番地、大島方に転居。五月「現代文学の使命」を「文学界」に発表。

昭和十九年（一九四四）　三十二歳

八月、牛込区払方町三十四番地に移る。

戦時下の同人雑誌統合命令に協力するのがいやで「批評」を表向き廃刊とした。

昭和二十年（一九四五）　三十三歳

三月、召集令状来る。払方町の家が空襲で焼け、永田

町一丁目十七番地、父茂の住居に移る。五月、福島県河沼郡川西村大字大上字日泥、大島方に疎開。横須賀海兵団入団、海兵団事務担当。八月、復員、福島へ。十月、上京、渋谷区松濤町四十五番地、桑原方に住む。長女暁子誕生。

昭和二十一年(一九四六) 三十四歳

五月、鎌倉市稲村ヶ崎四二八番地、伊集院方の離れに引越す。年末に鎌倉市二階堂十二番地、大島方に転居。この年「新夕刊」が発刊され、同社の渉外部長に就任。

昭和二十二年(一九四七) 三十五歳

一月、鎌倉市東御門、山田方に転居。十一月、ラフォルグ『ハムレット異聞』を角川書店より刊行。この年、鎌倉アカデミアで英文学を講義。

昭和二十三年(一九四八) 三十六歳

二月「中原中也論」を「文藝」に発表。六月、ペイタア『ルネッサンス』を角川書店より刊行。七月、「ポオの完璧性」を「文学界」に発表。この年、中村光夫、福田恆存と始めた集りが、やがて「鉢の木会」となる。

昭和二十四年(一九四九) 三十七歳

一月、外祖父牧野伸顕死す。二月、スティヴンソン『風流驢馬旅行』を文藝春秋新社より刊行。四月、国学院大学講師として文学概論を講じる。七月『英国の文学』を雄鶏社より書き下し刊行。

昭和二十五年(一九五〇) 三十八歳

一月、キャロル『ふしぎな国のアリス』を小山書店より刊行。五月「ハムレット」を「展望」に、六月「ケンブリッジの大学生」を「文藝」に、十二月「ロレンスの思想」を「群像」に発表。

昭和二十六年(一九五一) 三十九歳

五月、デフォオ『ロビンソン漂流記』を新潮社より、チェスタアトン『木曜日の男』を早川書房より、六月、ワイルド『芸術論』を要書房より刊行。十月「エリザベス時代の演劇」を「演劇」に発表。

昭和二十七年(一九五二) 四十歳

三月「クレオパトラ」を「文学界」に発表。六月『シェイクスピア』を池田書店より、八月、ボウエン『日ざかり』を新潮社より刊行。

昭和二十八年(一九五三) 四十一歳

一月、新宿区払方町三十四番地に家を新築し、移る。七月より八月にかけて、英国外務省の招きにより、福原麟太郎、河上徹太郎、池島信平の三氏とともに渡英する。九月、ミラア『性の世界』を、十一月、トインビイ『世界と西欧』をともに新潮社より刊行。初めての講演旅行で酒田に行き初孫に舌鼓をうち、以後、昭和二十九年から五十一年まで毎年十一月中旬頃に酒田から新潟へ旅行した。

昭和二十九年（一九五四）　四十二歳

一月、新宿区払方町三十四番地の同一敷地内に新しい棟を作り移る。「T・S・エリオット」を「あるびよん」に発表。二月、雑誌「あまカラ」の紹介で灘の菊正宗本社の見学に行き、新酒の利き酒を堪能。以後、毎年新酒のできる二月にここを訪れることとなった。

昭和三十年（一九五五）　四十三歳

五月「横光利一について」を「文藝」臨時増刊号に発表。『東西文学論』を新潮社より刊行。六月「晩年の牧野伸顕」を「文藝春秋」臨時増刊号に、九月「ロレンスとミラア」を「知性」に発表。

昭和三十一年（一九五六）　四十四歳

二月、リンドバアク夫人『海からの贈物』を、十月『乞食王子』をともに新潮社より、『三文紳士』を宝文館より、『シェイクスピア詩集』を池田書店より刊行。

昭和三十二年（一九五七）　四十五歳

一月『シェイクスピア』改訂版で第八回読売文学賞を受賞。二月「近代文学論」を、三月「マッチ売りの少女」を「文学界」に発表。八月『日本について』を講談社より、十一月『酒宴』を東京創元社より刊行。十二月『日本について』で第四回新潮社文学賞を受賞。

昭和三十三年（一九五八）　四十六歳

二月『作法 無作法』を宝文館より、六月『舌鼓ところどころ』を文藝春秋新社より刊行。十月、大岡昇平、中村光夫、福田恆存、三島由紀夫、吉川逸治らと「聲」を創刊。この年、フランス文学者佐藤正彰に連れられて初めて神田のビアホール・ランチョンに行く。昭和三十四年頃より、毎週水曜日にここに出かけ友人や編集者と会う習慣になった。

昭和三十四年（一九五九）　四十七歳

彌生書房版『エリオット選集』全四巻・別巻一を平井正穂とともに監修。各巻に翻訳を、別巻に「エリオット」を寄稿。十月『英国の近代文学』を垂水書房より、十一月『ひまつぶし』を講談社より刊行。

昭和三十五年（一九六〇）　四十八歳

二月、河上徹太郎と金沢へ。二月下旬の金沢行は以後年中行事となり、著者の死の年まで続けられた。昭和三十六年頃からは能の観世栄夫、辻留の辻義一が同行。

十月『文学概論』を垂水書房より刊行。『吉田健一著作集』を垂水書房より刊行開始（昭和四十二年二月、十六冊で中絶）。

昭和三十六年（一九六一）　四十九歳

三月「大衆文学時評」を「読売新聞」に連載（昭和四十年六月まで）。四月、吉田茂著、吉田健一訳『回想十年』が英国のハイネマン社と米国のホートン・ミフリン社から出版される。

昭和三十八年（一九六三）　五十一歳

四月、中央大学文学部教授となり、英文学を講じる。五月ウォオ『ブライヅヘッドふたたび』を筑摩書房より、七月『残光』を中央公論社より刊行。八月、国際比較文学会シンポジウム出席のため訪米、ニューヨークに遊ぶ。

昭和三十九年（一九六四）　五十二歳

七月『謎の怪物・謎の動物』を新潮社より、十一月、訳詩集『葡萄酒の色』を垂水書房より刊行。

昭和四十二年（一九六七）　五十五歳

二月『文学の楽しみ』を河出書房新社より刊行。十月、父茂没。十二月『落日抄――父・吉田茂のこと他』を読売新聞社より刊行。

昭和四十三年（一九六八）　五十六歳

二月『吉田健一全集』全十巻を原書房より刊行開始（十二月完結）。

昭和四十四年（一九六九）　五十七歳

三月、中央大学文学部教授を辞す。十月『余生の文学』を新潮社より刊行。

昭和四十五年（一九七〇）　五十八歳

十月『ヨオロッパの世紀末』を新潮社より、十一月『瓦礫の中』を中央公論社より刊行。『ヨオロッパの世紀末』で第二十三回野間文芸賞を受賞。

昭和四十六年（一九七一）　五十九歳

二月『瓦礫の中』で第二十二回読売文学賞受賞。七月『絵空ごと』を河出書房新社より刊行。十二月、朝日新聞の文芸時評を担当する（翌年十一月まで）。

昭和四十七年（一九七二）　六十歳

三月『文学が文学でなくなる時』を集英社より、十一月、『私の食物誌』を中央公論社より刊行。

昭和四十八年（一九七三）　六十一歳

一月『本当のような話』を集英社より、七月『金沢』を河出書房新社より、『文明に就て』を新潮社より、八月、『書架記』を中央公論社より、十月『ヨオロッパの人間』を新潮社より刊行。

昭和四十九年（一九七四）　六十二歳

三月『交遊録』を新潮社より、『東京の昔』を中央公論社より、十一月『覚書』を青土社より刊行。

昭和五十年（一九七五）　六十三歳

一月『本が語ってくれること』を新潮社より、七月『詩と近代』を、八月『ラフォルグ抄』をともに小沢書店より、十月『詩に就て』を青土社より刊行。

昭和五十一年（一九七六）　六十四歳

三月『時をたたせる為に』を小沢書店より、四月『時間』を新潮社より、十二月『昔話』を青土社より刊行。

昭和五十二年（一九七七）　六十五歳

一月『思い出すままに』を集英社より刊行。五月から六月にかけて、夫人とともにロンドン、パリを歴訪。長男夫妻と留学中の長女に会う。七月、帰国。東京築地の聖路加病院に入院、月末に退院。八月三日午後六時、肺炎による心臓衰弱のため病状が急変し、新宿区払方町三十四番地の自宅で死去。十月、最後の作品「桜の木」が「すばる」に掲載される。十一月『怪奇な話』が中央公論社より、十二月『変化』が青土社より刊行される。

昭和五十三年十月、集英社より『吉田健一著作集』全三十巻・補巻二の刊行が始まる（昭和五十六年七月完結）。昭和五十四年一月『読む領分』が新潮社より刊行される。

＊　年譜は、集英社版『吉田健一著作集』補巻二所収の年譜を参照して彌生書房編集部が纏めたものです。

[著者]
吉田健一（よしだ・けんいち）
1912年、東京生まれ。ケンブリッジ大学で学び、帰国後、翻訳家、文芸評論家、さらに小説家として健筆をふるう。『シェイクスピア』『瓦礫の中』で読売文学賞、『日本について』で新潮社文学賞、『ヨオロッパの世紀末』で野間文芸賞を受賞。その他の著書に『英国の文学』『金沢』『絵空ごと』『東京の昔』『時間』『私の食物誌』など多数。77年歿。

[編者]
中村光夫（なかむら・みつお）
1911年、東京生まれ。東京帝国大学仏文科卒。39年、吉田健一らと同人誌「批評」を創刊。49年より明治大学教授。『二葉亭四迷伝』『汽笛一声』で読売文学賞、『贋の偶像』で野間文芸賞を受賞。日本ペンクラブ会長も務めた。日本芸術院会員、文化功労者。その他の著書に『風俗小説論』『志賀直哉論』『谷崎潤一郎論』など多数。88年歿。

平凡社ライブラリー 921
吉《よし》田《だ》健《けん》一《いち》随《ずい》筆《ひつ》集《しゅう》

発行日…………2021年8月10日　初版第1刷

著者……………吉田健一
編者……………中村光夫
発行者…………下中美都
発行所…………株式会社平凡社
〒101-0051　東京都千代田区神田神保町3-29
電話　(03)3230-6579［編集］
(03)3230-6573［営業］
振替　00180-0-29639
印刷・製本……株式会社東京印書館
ＤＴＰ…………平凡社制作
装幀……………中垣信夫

ISBN978-4-582-76921-0
NDC分類番号914.6　B6変型判(16.0cm)　総ページ240

平凡社ホームページ　https://www.heibonsha.co.jp/